日本遺産殺人ルート

西 村 京 太 郎

徳 間 書 店

目次

裏磐梯殺人ルート　5
快速列車「ムーンライト」の罠　87
倉敷から来た女　159
十津川、民謡を唄う　237
行楽特急（ロマンスカー）殺人事件　325
解説　山前　譲　407

裏磐梯殺人ルート

1

代田ゆう子が、姿を消して、十日が過ぎた。

年齢二十歳。身長百六十二センチ。体重五十一キロ。S大英文科の三年生である。

住所は、中野のマンション「新中野コーポ」の三〇六号室だった。

1LDKで、一カ月の部屋代が十二万円。もちろん、バス・トイレ、それに電話もついている。

学生の彼女に払えるはずがないから、北海道に住んでいる両親が、部屋代も一カ月の生活費も出していた。

十月二日の夕方六時頃、友人で同じ大学のクラスメイト、花井カオルが、電話で話をした。

そのときゆう子は、三日間、旅行してくるから、五日の井崎ゼミには出られないといい、出来たら、講義を録音しておいてくれといったのである。

カオルが、どこへ行ってくるのかときくと、会津若松へ行ってくるといい、さらに、なぜ行くのかときくと、クスッと笑って、帰ったら、全部、話すわと、いったのである。

カオルは、頼まれた井崎ゼミの講義をテープにとった。

三日から五日まで、ゆう子は、会津若松へ行き、六日には学校に出て来るだろうと、カオルは思っていた。

しかし、六日になっても、ゆう子は、学校に出て来なかった。

(きっと、旅行が楽しくて、一日か二日、のびてしまっているのだろう)

と、カオルは思っていた。

十月十日になって、さすがに心配になって、彼女のマンションに電話をかけてみたが、反応はなかった。

翌十一日には、カオルは中野のマンションに寄ってみた。

ゆう子の部屋は、カギがかかっていた。が、心配なので、管理人に話してみた。マスターキーを持っていたら、開けてもらおうと思ったのだが、最近は、そんなものはないといわれてしまった。何かあったときマスターキーを持っていると、あれこれ疑われるからかもしれない。

仕方がないので、ドアのカギ穴からのぞいてみたが、中は暗くて、何も見えなかった。

十二日になった。

三日から数えると、十日目である。六日には、帰って来ているはずだから、その日から数えれば、一週間になる。

いぜんとして、ゆう子は、学校に出て来ないし、電話をかけても返事がなかった。

もう一度、中野のマンションに行ってみると、四十五、六歳の和服姿の女性が、管理人と話をしていた。

その顔がゆう子によく似ていたので、声をかけてみると、やはり彼女の母親の代田文子（ふみこ）だった。

何度、電話をしても留守なので、心配になって、北海道の登別（のぼりべつ）から飛んで来たのだという。

文子が、管理人に頼んで、専門家を呼んでもらい、カギを分解し、ドアを開けてもらった。

埃っぽい匂いがしたのは、何日も部屋の主がいなかったからだろう。

六畳の居間に、四畳半の和室がついている。それに、バス・トイレとベランダ。若い娘がひとりで生活するには、十分な広さである。

カオルも、一応、マンション暮らしだが、1Kである。狭いし、古びたマンションだった。

（羨ましいな）

と、改めて思いながら、部屋の中を見回した。

押し入れも開けてみた。が、もちろん、どこにもゆう子の姿はなかった。

「三日から五日まで、会津若松へ行ってくるといってたんですよ」

と、カオルは文子にいった。

「じゃあ、もう、とっくに帰ってなければいけませんわね」

文子は、青ざめた顔で呟いた。

「そうなんです。お母さんのところにも、何の連絡もないんですか？」

「ええ。何にも」

と、文子はいい、部屋の中にある電話で、北海道へ連絡していた。

「ええ。わかってます。警察にもお願いしてみますわ」

と、電話口に向かって、文子はいっていたが、受話器を置くと、カオルに向かって、

「この辺に交番はありませんかねえ。捜索願を出そうと思うんですけど」

と、いった。

2

管理人に教えてもらって、カオルと代田文子は、近くの交番に行き、さらに中野警察署へ行って、捜索願を出したが、警察の反応は、鈍かった。

ゆう子が何か犯罪に巻き込まれたという証拠でもあれば、警察は、動いてくれるだろうが、何もなければ、当然のことながら、警察は、動かない。

一年に何千人という人間が行方不明になるのだとも、カオルたちはいわれた。その全部を追いかけるわけにはいかないから、事件に関係した行方不明者だけを探すことになるのだろう。

「どうしたらいいんでしょう？　何とかして、娘のゆう子を見つけたいんですよ」

と、マンションへの帰り道で、文子がカオルにいった。

「警察は、駄目だとわかったから、あとは——」

と、カオルは、いいかけてから、

「私立探偵に頼んだら、どうでしょう？」

「私立探偵？」

「ええ。あのマンションに、看板が出ていたのを思い出したんです。確か、行方不明人を探し出すこともやるって、書いてありましたわ」

と、カオルがいった。

ゆう子のマンションに戻ってみると、カオルの記憶に間違いはなかった。

二階の二〇一号室に、「杉本探偵事務所」の看板がかかっていた。

カオルと文子は、その部屋の主に会ってみた。

三十歳ぐらいの若い男だった。背が高く、がっちりした身体つきで、いかにも頼もしい感じがした。

「私の娘を探してほしいんです」

と、文子が思いつめた顔でいうと、杉本は、彼女とカオルに椅子をすすめてから、

「探すのは、三〇六号室の代田ゆう子さんですね。顔がよく似ているから、すぐにわかりましたよ」

と、いった。

「娘のことを、よくご存じなんですか？」

「よくは知りません。なかなか美人だなと、思ってはいましたが」

「彼女、三日から五日まで、会津若松へ行くといっていたんですけど、今になっても、帰って来ないんです」

と、カオルがいった。

「なるほど。それで、最近、姿を見かけなかったんですね。納得しましたよ」

と、杉本はいった。

「娘を探して頂けます？」

文子がきいた。

「もちろん、それも仕事の一つだから、喜んでお引き受けしますよ。問題は、料金ですが」

「いくらでも、お払いしますわ。娘が見つかるんなら」

「人探しは、規定で三十万円。それに実費を頂きます。一応三日間探して、それでも、見つからないときは、延長一日について二万円。もし、見つかったときは、成功報酬として五十万。少し高いかもしれませんが、人探しというのは、難しい仕事なので」

「もちろん、お払いしますわ」

と、文子はいった。

彼女は、すぐハンドバッグから、財布を取り出し、手付金だといって、十万円を杉本に渡した。

「残りも、すぐお払いしますわ。だから、なるべく早く、探してほしいんです」

「わかりました。明日からでも取りかかります。その前に、娘さんのことを、全部、話してくれませんか」

と、杉本はいい、パイプを取り出して、くわえた。

文子は、戸惑いの表情になって、

「何をお話ししたら、いいんでしょうか？」

「娘さんのことを、何もかもです。彼女の部屋を見せてもらって、いいですか？」

「ええ。どうぞ」

と、文子はいい、カオルと一緒に、三〇六号室に杉本を連れて行った。

杉本は、ぐるりと部屋の中を見回してから、

「この写真をお借りしますよ」

と、机の上に立ててあったゆう子と若い男と二人で写っている写真を手にとった。

カオルは、その青年を知らなかった。

さっきこの部屋を見たときも、気になっていたのである。

ゆう子とは、親友のつもりだったが、写真の男は知らなかった。

「ゆう子さんは、会津若松へ三日間の旅行に行くといったそうですね？」

と、杉本は、写真を見ながらきいた。

「ええ。私にそういったんです。電話で」

と、カオルが答えた。

「お母さんは、ご存じでしたか？」

「いいえ」

「とすると、この青年と一緒に、行ったのかもしれませんね。だから、お母さんには、内緒にしていたということが、考えられますからね」

と、杉本はいってから、カオルに、

「この青年を、知っていますか？」

「知りません。ゆう子とつき合っていたボーイフレンドは、何人か知っていますけど、その中のひとりじゃないわ」

「すると、ただのボーイフレンドじゃなくて、恋人といったところですかね」

「かもしれませんわ。今、思い出したんですけど、彼女、旅行に行くと話していて、クスッと笑ったんです。あれはひとりでなく、恋人と一緒の旅行だったからかもしれないわ」

「あり得ますね」

と、杉本はいった。

「ゆう子を探すの、私も手伝います」

と、カオルは杉本にいった。

「しかし、あなたには、学校があるでしょう？」

「親友の一大事ですもの、学校ぐらい休みます」

と、カオルはいった。

杉本は、微笑して、

「しかし、うちとしては、あなたに給料は払えませんよ」

「そんなもの、いるもんですか。それで、どこから探します？」

カオルは、勢い込んで、杉本にきいた。

「二つありますね。第一は、彼女の足跡を追って、会津若松へ行ってみること。第二は、この写真の男のことです。名前と住所を知りたいし、彼女と一緒に会津若松へ行ったかどうかも知りたい」

「どうすれば、いいのかしら？」

「恋人とすれば、ラブレターが来ているかもしれない。この部屋を探せば、見つかる可能性もあります。お母さんも、探して下さい」

と、杉本はいった。

三人で、部屋中を探すことになった。机の引き出し、本棚、洋ダンスの中、それに押し入れもである。

カオルが、それらしい手紙を、洋ダンスの引き出しから見つけ出した。

「これらしいわ」

と、カオルはいい、その封書を文子と杉本に見せた。

差出人の名前は、「平山英司（ひらやまえいじ）」になっている。住所は三鷹（みたか）だった。

杉本が中の便箋（びんせん）を取り出して読み、それをカオルや文子に見せた。

〈君と一緒の東北旅行だが、僕なりに、簡単なスケジュールを作ってみた。三日間だから大変だが、君とだから、きっと楽しい旅行になると確信している。

3日　上野→郡山（こおりやま）（東北新幹線）

郡山→会津若松（磐越西線）
市内見物のあと一泊
4日　会津若松→猪苗代湖（磐越西線）
猪苗代湖→東山温泉　一泊
5日　東山温泉→会津若松
会津若松→郡山→上野

これで、どうだろう。切符の手配は、僕がしておく。

愛してるよ。

九月二十五日

平山〉

今の若者らしく、手紙はワープロで打ってあった。

「まず、この平山英司さんに、会って来ますよ」

と、杉本はいった。

3

カオルは、杉本にくっついて、三鷹へ行くことにした。

中野から、中央線に乗った。

「ひょっとすると、二人は、電車で知り合ったのかもしれないね」

と、杉本がいった。

「中央線？」

「そう。あなたたちの大学は、御茶ノ水でしょう？　中野から直通だ。しかも、この平山という男は、同じ中央線の三鷹に住んでいる。もし、中央線のどこかの会社に勤めているとしたら、可能性は、あるでしょう？」

「ええ。大いにありますわ」

と、カオルは肯いた。

そういえば、前にゆう子が笑いながら、今朝、電車の中で、男に声をかけられたと、いっていたことがあった。

三鷹でおりて、十二、三分歩いたところに、封筒にあったマンションが見つかった。

五階に、「平山」と書かれた表札が出た部屋があった。五〇二号室である。

二人でインターホンを鳴らしてみたが、返事がなかった。

ドアについている郵便受けには、新聞が沢山詰まっていた。

二人は、管理人に平山英司のことをきいてみた。

「ここんところ、ずっと、お留守のようですよ」

と、管理人はいった。

「何をしている人ですか？」

と、杉本がきいた。

「サラリーマンだと聞いています。ああ、何日か前に、会社の人が来ましたよ。ずっと休んでいるので、来たらしいんです。名刺を貰ったんですがね」

と、管理人はいい、奥からその名刺を持って来てくれた。

〈中央工業総務部管理課長　山田　良〉

会社は、東京駅八重洲口だった。

「どうやら、電車の中で、芽生えた恋愛だったのは、確からしい」

と、杉本は呟いてから、カオルに、

「ここに電話して、平山英司のことをきいてくれないかな？」

「私が？」

「女性がきいたほうが、こういうことは、相手も素直に話してくれるものなんでね」

と、杉本は笑った。

「いいわ」

と、カオルは肯き、マンションの外の公衆電話を使って、中央工業の山田課長にかけてみた。

「平山君は、三日から五日まで、休暇をとっているんですよ。旅行に行くといっていました。しかし、その後も無断欠勤が続くので、困っているんですよ」

と、山田は電話でいった。

「行く先は、いっていませんでした？」

「それは、聞いていませんね」

「平山さんて、どんな人ですか？」

「そうですね、真面目で、仕事熱心な、いい青年ですよ」

「まだ、独身ですわね？」

「花井カオルさんと、いわれましたね？」

「ええ」

「なぜ、平山君のことを、いろいろときかれるんですか？」

「私のお友だちが、平山さんとおつき合いしているんです。それで心配になって、どんな人かおききしたいと思って」

「なるほど。彼なら心配はいりませんよ。今もいったように、今どき珍しいくらいに、真面目な青年ですからね」

「じゃあ、女性関係でトラブルを起こしたようなことは、ありませんか？」

「まったくありません。安心して下さい」

「でも、まだ帰って来ないのは、どういうことなんでしょう？」

と、カオルはきいた。

「さあ、それがわからなくて、こちらも困惑しておるんです」

と、山田がいった。

4

帰りに杉本が、途中の喫茶店で、カオルにコーヒーをご馳走してくれた。

「これで、一つわかりましたね。代田ゆう子さんの恋人の名前がわかった。幸先がいいですよ」

と、杉本は満足そうにいった。

カオルは、コーヒーをブラックで飲みながら、

「でも、なぜ、二人とも会津若松へ行ったまま、帰って来ないのかしら？」

「それを、これから会津若松へ行って、調べるんです。明日の東北新幹線で行くつもりですよ」

「私も、一緒に連れて行って」

「いいけど、旅費は自分持ちですよ」

「いいわ」

と、カオルは肯いた。

翌日、カオルは、杉本と上野駅で落ち合った。

十二時ジャストの「やまびこ55号」に乗って、二人は郡山に向かった。車内はすいていた。

向かい合って、腰を下ろしてから、上野駅で買った駅弁を広げた。

「僕は、駅弁が好きでね」

と、杉本は呑気にいった。

「ゆう子も、今頃の列車に乗ったのかしら？」

「十二時に乗っても、一時間半で郡山に着く。郡山から会津若松までは、快速なら一時間。午後三時には着くから、ゆっくり市内見物も出来る。朝早く行く必要はなかったんじゃないかな」

「彼女は、朝弱いから、昼頃の列車にしたかもしれないわね」

「代田ゆう子というのは、どんな女性なのかな？」

と、杉本がきいた。

「そうね。まず、美人で――」

「それは、よく知っていますよ。ときどき見かけましたからね」

「一見、大人しそうだけど、意外に激しい性格なの。燃えるような恋愛をしたいっていってたことがあったわ」

「燃えるようなね。平山英司とそうだったのかな？」

「さあ」

「二人で三日間の旅行に行くというのは、相当深い関係だったとみていいんじゃないかな」

「そうね」

「あなたは、親友でしょう？」

「ええ」

「その親友に、なぜ恋人のことを話してなかったのかな？」

「わからないけど、正式に婚約してから、話すつもりだったのかもしれないわ」

「なるほどね」

と、杉本は肯いた。

「やまびこ55号」は、一三時二一分に郡山に着いた。

ホームに降りると、さすがに、この辺りは十月でも寒い。

一三時二八分の快速「ばんだい」がある。

それに乗るために、二人は、ホームを走った。

二人が乗るとすぐ発車した。

列車は、市街地を離れ、次第に山あいに入って行く。標高も高くなっていくらしく、すでに紅葉している樹々も、見られるようになった。

「ゆう子は、平山さんと、本当に会津へ行ったのかしら？」

カオルは、車窓の景色を見ながら、杉本にきいた。

「行ったと思うけど」

「普通なら、彼女は、旅先から、必ず電話をかけて来たり、絵ハガキを送ってくれたりするの。今度は、それが、ぜんぜんなかったわ」

「それは、恋人と一緒だったからじゃないのかな」

「そうかな」

「女は、恋人が出来ると、変わるというしね」

と、杉本はいった。

（そんなものだろうか？）

カオルには、わからない。もし、そうだとしたら、女友だちとか女の友情は、はかないものだと思う。

会津若松に着いたのは、一四時三四分である。

駅の外に出たところで、杉本は、駅前の景色を見回して、

「さて、どこから探すかな」

「二人でここに来たのなら、昼間は、市内見物をして、ここのホテルに一泊したはずだわ」

「われわれが市内見物をしても仕方がないな。市内のホテル、旅館を片っ端から当ってみましょう」

と、杉本がいった。

「どうやって？」

「二人で手分けして、全部のホテル、旅館に電話してみる。十月三日から五日までの間に、代田ゆう子と平山英司が泊まらなかったかどうか、きくんです」

「偽名で泊まっていたら？」

「そのときには、二人の写真を持って、全部のホテル、旅館をきいて回るより仕方がないね」

と、杉本はいった。

二人は、駅前の観光案内所で、ホテル、旅館の名簿をコピーしてもらい、それを二つに分けて、電話することにした。

カオルは、アイウエオ順になっているのを、上から順番にダイヤルを回していった。

（うまくいくのだろうか？）

と、カオルは、半信半疑だったが、五つ目のホテル「あさひ」で反応があった。

「平山英司という男の方が、お泊まりになりました」

と、フロント係がいったのである。

「代田ゆう子という女の人は、どうなんですか？」

と、カオルはきいた。

「そういう方は、お泊まりになっていませんが」

「じゃあ、平山英司さんは、ひとりで泊まったんですか？」

「平山英司さんは、ツインの部屋をおとりになっています。宿泊カードには、他一名となっていますが」

と、フロント係はいう。

カオルは、とにかく、このホテルに行ってみることにして、もう一つの公衆電話でダイヤルを回している杉本に声をかけた。

二人は、タクシーに乗って、鶴ケ城跡近くにあるというホテル「あさひ」に向かった。

九階建ての真新しいホテルだった。

杉本とカオルは、フロント係に会った。

まず、その宿泊カードを見せてもらった。

〈平山英司　他一名　東京都三鷹市下連雀〉

と、なっていた。

「間違いなく、あの平山英司だな」

と、杉本はいった。

彼は、持って来た写真を、フロント係に見せた。ゆう子が、平山と一緒に写っている写真である。

「ええ。この男の方でしたよ」

と、三十五、六歳のフロント係は、二人に向かって、大きく肯いて見せた。

「こっちの女の人は、一緒じゃなかったんですか？」

カオルが、ゆう子の写真を指で叩いた。

「このカードをお書きになったときは、男の方だけでした」

と、フロント係がいう。

「彼女は、顔を見られたくなくて、あとから部屋に入ったかもしれないよ」

と、杉本が小声でカオルにいった。

「なぜ？」

「理由はわからないが、例えば、このホテルの前で、知り合いに会ったといったことかもしれない。男と一緒にホテルに入るのを見られたくなくて、フロントには、平山一人で行って、チェックインしたのかもしれない。他一名になっているし、ツインルームだから、彼女も一緒に、泊まったと考えていいんじゃないかな」

と、杉本はいった。

「そうね」

と、カオルも肯いた。

杉本は、フロント係に、

「この宿泊カードは、本人が書いたのかな？」

「ええ、お客様がお書きになりました」

「これを、借りて行くわけにはいかないかな？」

「それは、困ります」

「コピーにとれないかな？　どうしても筆跡を調べたいんだ」

と、杉本がいうと、フロント係は、わざわざこの宿泊カードをコピーして、杉本にそのコピーをくれた。

5

「これから、どうするの？」

と、ホテルを出たところで、カオルが杉本の顔を見た。

杉本は、腕時計を見た。

午後五時に近い。

「われわれも、この会津若松市内で一泊するか、すぐ東山温泉に行って、二人がそこにも泊まったかどうか、確かめてみるかだが、どうするね？　疲れていれば、ここに泊まってもいいが」

「疲れてないわ。すぐ東山温泉へ行きましょう」

と、カオルはいった。

杉本がタクシーをとめ、東山温泉に向かった。

東山温泉は、会津若松の奥座敷と呼ばれる場所である。車で約二十分で着く。湯川(ゆがわ)

という渓流沿いに、四十軒近いホテルや旅館が並んでいる。

杉本とカオルは、その一軒一軒に当たってみた。

最近建ったというホテル「東山」で、反応があった。

四日に、平山英司が、泊まったというのである。

フロント係は、平山の写真を見て、この人に間違いないといった。

だが、ここでも、チェックインするとき、平山はひとりで現われ、ツインルームをとり、宿泊カードには、「他一名」と記入していた。

カオルは、杉本と同じホテルに泊まることにした。

別々に部屋をとり、夕食のあと、ホテルの中のバーで一緒になった。

カオルは、ビールを少し飲んだ。

「妙だわ」

と、彼女は、首をかしげてみせた。

「平山英司が、この東山でも、ひとりでチェックインしたことだろう？」

杉本は、水割りのグラスを、手の中でもてあそびながら、カオルにいった。

「そうなの。何かおかしいわ」

「でも、平山は、ツインをとっている。それに、宿泊カードにも他一名と書き込んでいるから、連れがいたことは、間違いないんだが」

「その連れが、ゆう子だったのかしら？」

「他には、考えられないだろう」

「でも、なぜ、そんなことをしたのかわからないわ」

「会津若松のホテルでも、いったけど、誰か見られたくない人がいたので、平山だけがフロントに行って、部屋を頼み、あとから、彼女が部屋に行ったんじゃないのかね」

「でも、会津若松だけならわかるけど、この東山温泉でも同じことをする理由がわからないわ」

と、カオルはいった。

「確かに、おかしいがねえ」

と、杉本は、一口飲んでから、グラスをカウンターに置いて、

「まったく考えられないことじゃないよ。代田ゆう子は、平山と、会津若松―東山温泉と回った。その間に猪苗代湖を入れてね。彼女が会いたくなかった人間も、同じコースを回っていたのかもしれないよ」

「でも、会津若松でも東山温泉でも、同じホテルだったというのは、偶然すぎるわ」

「偶然でも、ないことじゃないよ」

「それは、そうだけど――」

「問題は、二人がこの東山温泉に泊まったあと、どこへ消えてしまったかということだよ」

「ええ。なぜ、帰って来なかったのかしら？」

「本当に、心当たりはないの？」

と、杉本がきいた。

「私に？　ぜんぜん。だって、ゆう子は、旅行中、ゼミに出られなくなるから、録音しておいてねって、私に頼んで行ったのよ。彼女は、ちゃんと帰って来る気だったんだわ」

「じゃあ、男のほうに、何か姿を消さなければならない理由があったのかな」

「どんな理由が？」

「それは、調べてみないと、わからないよ。しかし、ここまで二人が来ていたことがわかったのは、一つの収穫だよ」

「三日に会津若松、四日は、この東山温泉に二人で泊まって、五日は、どこへ行ったのかしら。平山さんの手紙だと、五日には、東京に帰ることになっていたわ」

「明朝になったら、もう一度、フロントできいてみよう」

と、杉本がいった。

翌日、朝食のあと、二人は、昨日のフロント係に平山のことをきいてみた。

「翌日、平山英司はチェックアウトしたわけだね？」

「はい。そうです」

「何時頃、チェックアウトしたの？」

「確か十一時ぎりぎりでした。私共では、午前十一時がチェックアウト・タイムですので」

と、フロント係がいう。

「ねえ。そのときも、彼がひとりだったの？」

と、カオルがきいた。

「そうです。会計のところにいらっしゃったのは、男の方おひとりでした」

「本当に、女の人が傍にいなかった？」

「ええ。いらっしゃいませんでしたね」

「ツインルームの料金だったんでしょう？」

「はい。ツインの料金を頂きました」

「そんな人、多いのかしら？」

「と、おっしゃいますと？」

「二人で泊まって、会計のとき、男の人だけが、ここで支払いをするケースだけど」

「よくございますよ。女の方が、先に出てしまわれて、男の方が会計されるというのは。特に、ご夫婦でないカップルの場合は、多いんです」

「この平山さんだけど、ここからどこへ行ったか、わかります？」

と、カオルがきいた。

「さあ、それは、わかりかねますが」

「タクシーを呼んだんですか？」

「いえ。お呼びになりませんでした。このホテルの前がバスの停留所になっていますので、バスにお乗りになったんじゃないかと思いますが」

と、フロント係はいった。

杉本たちは、一応、宿泊料金を払い、ロビーに腰を下ろした。

「どうなってるのかしら？」

カオルは、困惑した表情になって、考え込んでしまった。

「旅行中に、何かあったのかもしれないな」

う？」

「彼女は、別に、自殺とか心中を匂わせるようなことは、いってなかったんだろう？」

「じゃあ、ゆう子に、何か大変なことが起きたってこと？」

「よくいうじゃないか。何か事件に巻き込まれたのじゃないかとね」

「何かって？」

と、杉本がいう。

「ええ。前にもいったけど、私にゼミの講義を録音しておいてくれって、いってたのよ。そんな彼女が、自殺なんかするはずがないわ」

と、杉本がきいた。

「とすれば、今いったように、事件に巻き込まれたか、男のほうの事情で、心中してしまったかしか、考えられないんだよ」

「そんな――」

と、カオルはいった。が、杉本の推理を簡単には否定できなかった。

とにかく、ゆう子は消えてしまったのだ。いや、彼女だけでなく、彼女の恋人の平山もである。

何かがあったのは、確かなのだ。

「男のほうの事情って、どんなこと？」

と、カオルがきいた。

「われわれは、平山という男のことを、どれだけ知っているかということがある」

杉本は、考えながらいった。

「大会社のサラリーマンで、若くて、独身だわ。そして、ゆう子の恋人」

「知ってるのは、それだけだよ。彼には、他に女がいたのかもしれない。別れたいと思いながら、理由があって、どうしても、別れられないことだって、あるんじゃないかな。だが、彼は、どうしても、代田ゆう子が好きだ。それで、会津若松へ来て、無理心中をしたことだって考えられる」

「縁起でもないことを、いわないでよ」

と、カオルは眉をひそめた。

「しかし、もう十日以上も、姿を消してるんだよ。二人の身の上に、何かあったとしか思えないじゃないか」

「ちょっと、待って」

と、カオルはいい、ロビーの隅に置かれた公衆電話のところに歩いて行った。

ひょっとすると、自分たちがこちらへ来ている間に、ゆう子が自宅へ帰っているかもしれないと、思ったからだった。

しかし、東京・中野の彼女のマンションのダイヤルを回しても、応答はなかった。ゆう子は、まだ帰っていないのだ。

「帰ってないわ」

と、カオルは、がっかりした顔で、杉本にいった。

「猪苗代湖へ行ってみようか？」

と、杉本がいった。

6

ホテルでタクシーを呼んでもらい、カオルと杉本は、猪苗代湖に向かった。

中年の運転手は、二人を観光に来たと思ったらしく、これからは、紅葉がきれいだということを、しきりにいった。

「二人は、猪苗代湖へ行ったのかしら？」

と、カオルは、小声で杉本にきいた。

「平山が手紙に書いたスケジュールには、猪苗代湖の見物とあったからね。多分、行ったと思うんだよ。東山温泉へ行く前だったかもしれないが」

「本当に、無理心中なんてことがあるのかしら?」

カオルが、青い顔できいた。

杉本は、笑って、

「大丈夫だよ。二人とも若いから、どこかひなびた温泉地で、のんびりしてるのかもしれないよ」

「でも、ゆう子は、真面目なところがあるから、そんな心配はかけないと思うけど」

と、カオルはいった。

万一、そんなことをしているとしたら、親友の自分にだけは、連絡してくるはずだとも思うのだ。

タクシーは、国道49号線を、東に向かって走った。

やがて、右手に、大きく広がる湖が見えてきた。

夏は、水上スキーやウィンドサーフィンをする若者たちで、いっぱいになるのだろうが、今は、静かである。

スワンや亀の恰好(かっこう)をした遊覧ボートが、浮かんでいる。

「観光客は、普通、どこを見るの?」

と、カオルが、運転手にきいた。

「そうねえ。天鏡閣とか野口記念館を、まず見物するね」

と、運転手がいった。

「どうする？」

と、カオルは、杉本にきいた。

「まず、天鏡閣というのを見て、それから、昼食をどこかでとろうじゃないか」

と、杉本がいった。

天鏡閣は、明治四十一年に有栖川宮が建てた別荘で、現在は一般に公開されている。

国道49号線から、脇へ入った小高い丘の上に建っている。

二人は、タクシーをおり、急な斜面の道を登って行った。

二階建ての八角塔の屋根をもった、白い別荘である。二人の他にも、見物客は何人か来ていた。

当時のヨーロッパのものと思われる豪華な調度品が並んでいて、楽しいのだが、カオルは、ほとんど見ていなかった。

（こんなことをしていて、ゆう子が見つかるのだろうか？）

と、そんなことばかり考えていた。

見終わってから、待っていたタクシーで、近くのレストランへ行き、湖面の見えるテーブルに腰を下ろして、二人は昼食をとった。

杉本は、黙って箸を動かしていたが、急に、

「あッ」

と、小さく叫んだ。

「どうしたの？」

驚いて、カオルがきいた。

「テレビだよ。テレビを見てみろ」

と、杉本がいった。

テレビが、ちょうど十二時のニュースをやっていた。

〈磐梯山ゴールドラインのこがね平附近の林の中で、若い女性の死体が発見されました〉

と、アナウンサーがいっている。

そして、画面には、女の顔と「代田ゆう子さん」と名前が出ているのだ。

カオルは、息を呑んだ。

〈ハンドバッグの中にあった運転免許証からこの人は、東京都中野区に住むＳ大の三年生、代田ゆう子さん、二十歳とわかりました〉

「どうなってるの！」

カオルは、悲鳴に近い声をあげた。

7

アナウンサーは、さらに続けて、

〈警察では、殺された可能性もあるとみて、捜査を始めています〉

と、いった。

「警察に、きいてみる」

杉本は、立ち上がり、レストランの中にある電話のところに大股に歩いて行ったが、すぐ戻って来ると、

「会津若松署で扱っているらしい。これから戻って、くわしいことをきいてみよう」

と、カオルにいった。

食事の途中だったが、カオルたちは、タクシーで会津若松に、急遽、戻ることにした。

会津若松に着くと、すぐ警察署に、向かった。

中村という五十歳くらいの、落ち着いた感じの刑事が話をしてくれた。

「今、遺体は、解剖に回されています」

と、中村は二人にいった。

「解剖というと、死因に不審な点があるんですか？」

と、杉本がきいた。

「くびを絞められた形跡があるんですよ」

と、中村刑事はいう。

「じゃあ、ゆう子は、殺されたんですか？」

カオルが、半泣きの顔できいた。

「その可能性が強いので、捜査を始めたところです。お二人が、いろいろと知っておられるのなら、ぜひ協力して下さい」

と、中村はいった。

カオルが喋った。代田ゆう子のこと、恋人の平山英司と会津若松へ二泊三日の旅行に出かけたこと、五日には、帰ってくるはずなのに、いつまでたっても帰らないので、母親が私立探偵の杉本に頼んで、探すことにしたこと。

中村刑事は、熱心にメモしながら聞いていたが、

「いや、それで、事情が呑み込めて来ました。死体は、十日以上経過している感じでしたから、今のお話とぴったり符合します」

と、いった。

そのあと、中村は、磐梯山周辺の地図を出して来て、代田ゆう子の遺体が見つかった地点を教えてくれた。

会津のシンボルといわれる磐梯山周辺には、五本の観光用のハイウェイが走っている。

福島から入る磐梯吾妻スカイライン
米沢から入る西吾妻スカイバレー
郡山から入る母成グリーンライン
会津若松から入る磐梯山ゴールドライン
これら四本を結ぶ磐梯吾妻レークライン

「遺体が見つかったのは、この中の磐梯山ゴールドラインで、五色沼や檜原湖といった裏磐梯へ向かう有料道路の途中です」

と、中村刑事は、いった。

「私は、一緒に旅行に行った平山という男が、ゆう子を殺したんだと思います」

カオルは、中村刑事に向かって、きっぱりといった。

中村は、二人の写っている写真を見ながら、

「この青年ですか？」

「ええ。何か事情があったんでしょうが、殺したのは、その男しか考えられませんわ。そして、逃げているんです」

「しかし、お話だと、この平山英司は、彼女と一緒に、会津若松、東山温泉とホテル

に泊まっているんでしょう？」

「ええ。でも、フロント係は、ゆう子を見ていないんです。ずっと彼女と一緒にいたと思わせるために、彼は、ツインの部屋に泊まり、宿泊カードに、他一名って書いていたのかもしれませんわ」

「なるほどね、面白い推理ですね」

「すぐ、その男を探して下さい」

「手配はしますが、もう何日もたっているから、他府県に逃げてしまっていると、思いますよ。犯人だとしての話ですが」

と、中村はいった。

翌日、ゆう子の両親も駈けつけた。

福島大学で、解剖をすませたゆう子の遺体は、会津若松署に運ばれて来た。

中村刑事が、解剖結果を教えてくれた。

死亡推定時刻は、十月三日と思われるが、日時がたっているので、時間までは特定できない。

死因は窒息死で、明らかに絞殺である。

衣服の三カ所にオイルらしきものが附着していたが、これは、犯人が死体を車のトランクに入れて運んだときに、ついたものと思われる。

所持品は、死体の近くにあったハンドバッグとルイ・ヴィトンのボストンバッグである。

ボストンバッグの中には、着がえの下着、カメラなどが入っていたが、下着は新しいままで、カメラには、フィルムが装塡されていたが、一枚も写されていない。

「十月三日に殺されたことは、本当なんですか？」

と、カオルは、中村刑事にきいた。

「間違いありません。寒い高原の林の中に、十日以上も放置されていたので、三日の何時頃かまでは、特定できませんがね」

「三日というと、旅行の第一日目だわ」

「そうなりますね」

「それなのに、平山は、三日に会津若松のホテルに泊まり、四日には、東山温泉のホテルに泊まっているんです」

「今、それを調べているところです」

と、中村はいった。

その夜、中村は、カオルたちの泊まっている市内のホテルにわざわざやって来て、

「面白いことが、わかりましたよ」

と、ニコニコ笑いながら、カオルや杉本にいった。

「どんなことですか？」

杉本がきいた。

「平山英司は、三日に会津若松のホテル『あさひ』に泊まり、四日は東山温泉のホテル『東山』に泊まったことになっていますが、これは嘘です」

と、中村はいった。

「ちょっと待って下さい。僕たちは、ちゃんと、平山の書いた宿泊カードを見て来たんですよ」

杉本があわてていった。

「泊まったのは、事実です」

「しかし、今、嘘だと――」

「三日、四日には、泊まっていないといったんです。平山英司が実際に泊まったのは、六日と七日なんです」

「でも、ホテルのフロント係は、どちらも三日といい、四日といいましたが」

「それは平山が頼んだからですよ。会津若松のホテル『あさひ』では、三日に泊まったことにしてくれと頼み、東山温泉のホテル『東山』では、七日に泊まったのに、四日に泊まったことにしてくれと頼んだんです」

「ホテルは、なぜ、それを承知したんでしょう？」

「まさか殺人事件に関係しているとは思わなかったからだと思いますね。ホテル『東山』のフロント係は、多分、浮気をして、女と遊びに来ていたので、奥さんへのいいわけだと思っていたそうですからね」

「なぜ、平山は、そんな小細工をしたんですかね？」

と、杉本がきいた。

「彼が、代田ゆう子を殺したとすれば、説明がつきますよ。アリバイ作りです。おそらく二人で会津若松へやって来て、第一日目に何かがあって、平山は、彼女を殺してしまった。死体が見つかったら、自分が疑われると考えた平山は、車で死体を運び、こがね平近くの林の中にかくしたんです。車は多分盗んだんだと思いますよ。レンタカーなんかでは、足がつきますからね。被害者の衣服の油のしみは、そのときに附着したんだと思います。会津若松市内で車を盗み、そのトランクに死体を入れて、運んだんでしょう。平山は、そのまま東京へ帰ったが、彼女がいつまでも帰らなければ、やはり自分が疑われる。そこでもう一度、会津若松—東山温泉と回って、アリバイ作りをしたんです」

8

カオルは、深い溜息(ためいき)をついた。

(可哀そうなゆう子——)

と、思う。

可哀そうなのは、若くして殺されてしまったからだけではない。よりにもよって、恋人の平山に殺されたということがである。

(泣くにも、泣けないわ)

と、カオルは思った。

平山が眼の前にいたら、胸倉をつかんで、なぜ殺したのかと、怒鳴ってやりたい。

ゆう子の遺体は、両親が引き取って行った。

母親にしても、口惜しいことだろう。二十歳まで育てたのに、殺されてしまったからである。

カオルは、杉本と一緒に東京に帰った。

学校へ戻ったが、毎日、何となく重い気持ちが続いた。

ゆう子が、死んでしまった。その悲しみは、少しずつうすれていくのだが、彼女の胸にわいた重さのようなものが、消えてくれないのだ。

平山の行方が、いぜんとしてわからないこともある。

彼が見つかれば、なぜゆう子を殺したのか、きくことが出来るのに、このままでは、それも出来ない。

（なぜ、平山はゆう子を殺したのだろうか？）

その疑問が、ずっと頭に残っていて、離れてくれない。

ゆう子は、聡明だが、女らしいところもある。殺されるほど、相手を怒らせたとは、とうてい思えないのだ。

（とすると、杉本のいったように、平山のほうに結婚できない事情があって、無理心中したのだろうか？　そして、平山は、死にきれずに、どこか山の中をさ迷っているのだろうか？）

カオルには、わからない。

彼女は平山のことを調べてみたくなった。

杉本に頼めばいいのだが、私立探偵に払うだけのお金がなかった。

それで、電車に乗って、平山が住んでいた三鷹のマンションへもう一度行ってみた。

この前は、杉本と一緒だったが、今度は、一人である。

うまくいくかどうかわからなかったが、カオルは、必死だった。

管理人に会うと、覚えていてくれて、

「この間、見えた人ですね」

と、いった。

「平山さんのことを、いろいろとおききしたいんです」

「この前もいったが、私は、あんまり知らんのですよ。二階下の田中さんがよく知っていると思いますよ。よく、一緒に飲んでいたみたいだから」

と、管理人は、教えてくれた。

その田中という男は、午後六時すぎに勤め先から帰って来た。

二十七、八歳の明るい感じの男だった。

カオルは、近くの喫茶店で話を聞くことにした。

「ああ、彼とはよく飲みに行きましたよ。実は、同じ大学でね。僕のほうが一年先輩なんです」

と、田中は笑った。

「平山さんがどんな人か、正直に話して頂きたいんです」

カオルが真剣にいうと、田中は当惑した顔で、

「弱ったな。彼には、好きな人がいますよ」

と、いった。どうやら勘違いをしているらしい。

「違うんです。私のことじゃありません」

「それならいいんですが、彼は、美人の女子大生に惚れていましてね。あなたも美しいが」

「その人のこと、田中さんに話しました？」

「一度、紹介されましたよ。確か、代田ゆう子さんという名前でしてね。正直いって、僕も惚れましたよ。魅力的な女性でしたからね」

と、田中は笑った。

「平山さんに、他に女性はいなかったんですか？」

と、カオルがきいた。

「他に？　いるわけがないじゃありませんか。彼は、代田ゆう子さんに、夢中だったんだから」

「でも、たとえば、ご両親が他の女の人と結婚しろと、すすめていたようなことはあ

りません?」

「両親は、もう亡くなっていますよ」

と、田中はいった。

「いないんですか?」

「彼が大学を出た年に、母親が亡くなっているんです。父親は、その前年にね。だから、彼は、かなり苦労したと思いますね」

「本当に、他に女性は、いなかったのかしら?」

と、カオルは念を押した。

「いませんよ。いたらわかりますよ」

と、田中はいってから、

「なぜ、そんなことをきくんですか?」

「代田ゆう子は、私の友だちなんですけど、死んだんです」

「死んだ? なぜ?」

「殺されたんです。それに、平山さんも行方不明になっちゃってるし――」

「僕は、彼が代田ゆう子さんと旅行に行ってるんだと、思っていましたがね。もっとも、それにしちゃあ、少しばかり長いなとは、考えていたんですがね」

「二泊三日の予定で、会津若松へ行ったはずなんです。そのゆう子が、磐梯山で死体で見つかって、平山さんは、行方不明になってしまって」

「彼が犯人だというんですか？」

「わかりませんわ。でも、平山さんも会津若松に行ってるんです」

「ちょっと待って下さいよ」

と、田中は急にいった。

「え？」

「そうだ。平山君から、電話がありましたよ」

「それ、いつですか？」

「確か三日ですよ」

「三日って、東京を出発した日だわ。どんな電話だったんですか？」

「午後一時頃でしたね。僕の会社のほうに電話があったんです。今、『やまびこ』の車内からかけているんだといってね」

「本当ですか？」

「ええ。僕も、彼が代田ゆう子さんと一緒に旅行に行くと聞いていましたからね。お楽しみだねって、いってやったんですよ。そうしたら、彼女を探しているんだというんです」

「それ、どういうことですの？」

驚いて、カオルがきいた。

「何でも、十二時ちょうどの盛岡行きの『やまびこ』に乗ることになっていて、切符は、先に買っていて、上野駅の新幹線ホームで待ち合わせることになっていたんだが、彼女が現われない。それで、とにかく列車に乗って、動き出してから、車内を探したんだが、見つからないというんですよ」

「それで、そのあと、どうなりましたの？」

「彼から電話がなかったんで、ああ、見つかって、楽しくやってるんだなと、思っていたんですがねえ。指輪のこともあるしね」

「指輪って、何ですか？」

「彼はね、彼女が一緒に旅行することを承知してくれたんで、貯金をはたいて、指輪を買ったんですよ。旅行中に、正式にプロポーズする気だったんじゃないのかな」

「そうだったんですか」

「だから、彼が代田ゆう子さんを殺すなんて、まったく考えられませんよ」

と、田中はいった。

9

カオルには、ますますわからなくなってしまった。

田中が嘘をついているとは、思えなかった。嘘をついても仕方がないからだ。

とすると、平山は、ゆう子にプロポーズする気で、今度の旅行に行ったことになる。

そんな男が、殺すだろうか？

ゆう子がそのプロポーズを断わったら、どうだろうか？

思いつめているだけに、平山は、愛が憎しみに変わって、ということも考えられる。

しかし、ゆう子が断わることも、考えられないのだ。そうなら、二泊三日の旅行に、彼と一緒に行ったりはしないはずである。結婚してもいいと思っているからこそ、二人だけの旅行をOKしたに違いないのだ。

(ゆう子が、約束の時間におくれたというのは、本当だろうか？)

それにも、カオルは、首をかしげてしまう。

女は、時間にルーズだとよくいわれるが、ゆう子は違う。

それに、大事な恋人と一緒の旅行である。約束の時間におくれるというのは、まず考えられない。

第一、おくれたら、すぐ平山に連絡したはずである。そういうことは、てきぱきやる性格である。

（わからないなあ）

と、思った。

カオルが、自分のマンションに戻ってすぐ、会津若松で会った中村という刑事から電話が入った。

「平山さんと思われる男の遺体が見つかりましたよ」

と、いう。

「どこでですか？」

「猪苗代湖から、歩いて三十分ほどの林の中です。運転免許証があったので、彼に間違いないと思っていますがね」

「どんな死に方だったんですか？」

「毒死です。今のところ、覚悟の自殺なのか、それとも殺されたのか不明ですが、先日の話のとおりなら、女を殺しておいて、自分も命を絶ったというところでしょうね」

と、中村はいった。

「遺書はなかったんですか？　なぜ、彼がゆう子を殺したのか、その理由をどうしても知りたいんです」

「今、林の中を探しています」

と、中村はいった。

夜遅くなって、また中村刑事から電話があった。

「遺書が見つかりましたよ」

と、中村が大きな声でいった。

「どんな遺書なんですか？」

「ワープロで打ってありましてね。『事情があって、代田ゆう子を殺してしまった。申しわけないことをした。死ねずに歩きまわっていたが、やっと死ぬ覚悟が出来た。できれば、代田ゆう子と一緒に葬ってほしい。平山英司』と、なっていますね」

「誰あての遺書なんですか？」

「それはありませんね。ただ、封筒には、自分の住所と名前が、これもワープロで打ってありました。まあ、これで、無理心中と決まったようなものですね。それから、毒物は、どうやら農薬のようです」

「杉本さんには、伝えてくれました？」

「ああ、一緒に見えた人ですね。電話したんですが、お留守のようですよ」

と、中村はいった。

カオルは、電話が切れると、大きな溜息（ためいき）をついた。

（これで、終わった）

と、思う一方で、まだすっきりしない気持ちが、残ってしまっていた。

それから、二日すぎた。

新聞は、この事件を、無理心中と報じた。

その間、カオルは、杉本に連絡をとりたかったが、彼はいつも留守だった。

三日目に、カオルが学校から帰ってくると、マンションの廊下に、男が二人、待っていた。

一人は、先日、話を聞いた、平山の友人の田中という男である。

「やあ」

と、田中はいい、もう一人の男を、

「僕の大学時代の友人で、今、警視庁捜査一課で働いている日下（くさか）刑事です」

と、紹介した。

「狭いんですけど」

と、断わって、カオルは、二人の男を部屋に入れた。

「僕には、どうしても、平山君が代田ゆう子さんと、無理心中したなんて信じられなくて、彼に話を聞いてもらったんですよ」

と、田中はカオルにいった。

「でも、遺書もあったというし――」

「ワープロの遺書ですよ、誰にだって、打つことが出来る。彼が打ったとは、限らない」

「でも平山さんが、会津若松行きのスケジュールを書いて、ゆう子に送った手紙もワープロでしたわ」

と、カオルがいった。

それまで黙っていた日下という刑事が、

「その手紙は、どこにあるんですか？」

「ゆう子の部屋にありますけど」

「見たいですね」

と、日下はいった。

三人で、中野のゆう子のマンションに行った。

部屋に入り、問題の手紙を、改めて見直した。

「なるほど、ワープロで打ってありますね」

と、日下刑事がいった。

「しかし、こちらは、封筒が手書きですよ。遺体の傍にあったのは、封筒の名前もワープロだったんです。おかしいですよ」

田中が食いさがった。

「なるほどね。ワープロの文字をくらべてみましょう。そうすれば、この手紙と遺書のワープロが、同一機種かどうかわかりますからね」

と、日下刑事がいった。

「それに、平山君の部屋も調べてくれよ。ワープロがあるかどうか」

田中がいうと、日下は笑って、

「わかってるよ。もちろん調べてみるさ」

と、いった。

10

十津川（とつがわ）警部は、日下に眼をやった。

「それで、どうだったんだね？」

「結論からいいますと、同じワープロで打ったとわかりました」

「そのワープロの機械は、死んだ平山英司の部屋にあったのかね？」

「ありました」

「とすると、やはり無理心中なのかね？」

「それが、わからないんです」

「どうしてだ？」

「平山の死亡推定時刻が、八日の午後四時から五時の間なんです」

「それが、おかしいのかね？」

「彼は、七日に東山温泉のホテル『東山』に、泊まっています。そして、八日の午前十一時に、チェックアウトしています」

「それなら、ぴったりじゃないのかね。そのホテルを出てから、猪苗代湖に行き、林の中で自殺したんじゃないのかね」

「ええ。時間的には、いいんですが、そうなると、彼は、ワープロで打った遺書を手にして、『東山』に泊まったことになります」

「それが、まずいのかね?」

「彼は、フロントに、四日に泊まったことにしてくれと頼んでいます。どう見ても、アリバイ工作ですよ。それなのに、彼女を殺したという遺書を持っていたというのは、不自然です」

「なるほどねえ」

と、十津川はいい、ちらりと亀井に眼をやった。

「殺人事件の匂いがしないかね? カメさん」

「大いにしますねえ」

と、亀井もいった。

十津川は、日下にいった。

「君が調べたことを、全部、話してみたまえ」

日下は、友人の田中や女子大生のカオルから聞いたことを、全部、話した。

十津川は、メモしながら、聞いていた。

「平山が、一二時〇〇分の『やまびこ』に乗ったとき、代田ゆう子が来ていなかったというのは、本当なのかね？」

と、メモを取り終わって、十津川はきいた。

「田中は、平山から電話があったと、いっています。列車内からの電話です」

「それを確かめてくれないか。車掌が覚えているかもしれない」

と、十津川はいった。

日下は、すぐ上野駅へ出かけて行った。

四時間ほどして、戻って来ると、眼を輝かせて、

「あの話は、本当だったようです」

と、報告した。

「三日の同列車の車掌三人に、聞きました。その中の二人が、平山のことを覚えていました。グリーン車に乗っていて、鈴木という車掌長に女の写真を見せて、この女が乗っていたら、教えてくれと頼んだそうです」

「それが、平山に間違いないんだな？」

「ええ、間違いありません。それから、平山の隣りの座席が、ずっと空いていたともいっていました。切符が売れていたのにです」

「すると、その列車に代田ゆう子は、乗っていなかったとみていいんだね？」

「そうなります」

「だが、彼女は、三日に殺されている」

「磐梯山ゴールドラインの途中の林の中でです」

「面白いな」

と、十津川はいった。

彼は、地図を持ってくると、磐梯山附近のページを広げた。

「これが、磐梯山ゴールドラインか」

と、十津川は、そこを指でおさえた。

「会津若松に近いんですね」

亀井がいう。

「向こうの警察の話では、車で運ばれたということだったね？」

「中村という刑事が、話してくれました。死体の衣服にオイルがついていたそうです。車のトランクに入れて、犯人が運んだんだろうと、いうのです」

「会津若松で、殺してかね？」

「向こうでは、そう思っています」

「しかし、代田ゆう子は、向こうには行ってないんじゃないかねえ」

と、十津川は亀井を見た。

「同感ですね」

と、亀井がいった。

「しかし、それなら、なぜ磐梯で？」

と、日下がきく。

「東京から、車で運んだのかもしれない」

「すると、東京で殺されたということですか？」

日下が眼を大きくしてきいた。

「二人は、愛し合っていたんだろう？」

と、十津川がきいた。

「そうです。それは、間違いありません」

「それなら、彼女が、おくれて上野に行くはずはないよ。朝早いのなら、寝すごすことも考えられるが、正午の列車だからね。それなのに、彼女が駅に来なかったのは、そのとき、すでに殺されてしまっていたんじゃないかと、思うんだよ。それ以外に駅に行かなかった理由は、ちょっと考えられないからね」

と、十津川はいった。

「しかし、代田ゆう子には、平山以外に男はいなかったようですが」

と、日下がいう。

「だが、男のほうが、ひそかに彼女に眼をつけていたのかもしれない」

「しかし、そうなると、範囲が漠然としすぎていて、犯人を特定できなくなりますが」

と、日下がいった。

「カメさんは、どう思うね？」

十津川がきいた。

「犯人が平山英司でないとすると、意外に簡単に、犯人を特定できるかもしれません」

と、亀井はいった。

十津川は、その言葉に満足そうに肯いた。

「私も、そう思っているんだよ」

「私には、よくわかりませんが――」

と、日下が首をかしげて、十津川を見た。

「犯人は、やり過ぎたんだよ。平山が犯人でなければ、真犯人にとって、そのやり過ぎが命取りになるんだ」

「くわしく、説明して下さい」

と、日下がいった。

「もし、平山が犯人ではないとする。そうなると、遺書は、当然、ニセモノだ。犯人はうまくやった気だろうが、見方を変えると、それが命取りになる典型みたいなものだね」

十津川は、笑っていった。

亀井がそれに続けて、

「犯人は、ワープロの機械を同じものにした。そのため、わざわざ平山英司のマンションに行き、そこにあったワープロで、遺書を作ったんだよ」

「それは、平山の手紙と同じワープロということで、別におかしくないんじゃありませんか？」

と、日下がきく。

「犯人は、多分、それに合わせたんだろうね。平山の手紙を見て、犯人は、平山と代田ゆう子のスケジュールを知り、同時に、平山が手紙をワープロで打つことを知り、遺書もワープロでいいだろうと、考えたんだと思うね」

と、十津川がいった。

「しかし、それが、犯人を特定する助けになりますか？」

日下が、まだわからないという顔できいた。

「いいか。犯人は、代田ゆう子を殺したあと、彼女の部屋に入ったことを意味している。しかも、その犯人は、キーを使って、部屋に入ったんだ。ドアをこわして入っていれば、すぐわかるからね」

「殺したあと、彼女の持っているキーを使ったんだと思います」

「そのとおりさ。行きずりに殺したのなら、そんな面倒なことはしない。それに、キーには部屋の番号は書いてない。犯人は、彼女の部屋番号を知っている人間ということになってくる」

「なるほど」

日下は、少しずつ、十津川のいわんとするところがわかって来た。

「次は、彼女が殺された時間だ」

「それは、解剖の結果でも、三日としかわからないんです」

「いや、わかるよ。これは、平山が犯人ではないという前提に立って、推理しているんだ。彼が犯人でなければ、代田ゆう子が十二時になっても、上野駅に来ていない。そんなとき、君ならどうするね？」

十津川は、日下にきいた。

「そうですね。彼女の家に電話して、もう出たかどうか、確かめますね」

「誰でもそうする。平山もそうしたと思うよ。そのとき、彼女が出ていれば、平山は、『やまびこ』には乗らなかったはずだ。電話に出なかったので、もう上野へ来ていると思い、列車に乗ってしまったんだ。となると、代田ゆう子は、三日の正午までに殺されたことになる」

「そうですね」

「中野から、上野駅まで何分かかるかね？」

「新宿へ出て、新宿から山手線で行くのが、一番近いと思います。中野―新宿は六分。新宿―上野は二十四分です。もちろん、これは電車の時間だけですから、ゆっくり見て、一時間あれば十分でしょう」

「それでは、一時間としよう。代田ゆう子は午前十一時に家を出ることにしていたとする。もし、自分の部屋を出たあと殺されたとすれば、三日の十一時から十二時までの間だ。余裕を見ても、十時から十二時の間だろうね」

「それは、わかりますが……」

「マンションを出て、駅までの間で殺されたとは、思われない。昼間だし、今もいったように、行きずりの犯行じゃないからだ」

「すると、マンションの中で、殺されたということですか？」

「そうだよ。午前十時から十一時の間だろう。学生や勤め人は、もう出かけてしまっていて、マンションの中は、ひっそりとしていたと思うね」

「犯人は、マンションの住人ですか？」

「たまたま代田ゆう子のところに遊びに来た人間が、出かけようとする彼女を殺したのなら、わざわざ死体を磐梯山まで運ばないだろう。心理的にね。死体をそのままにして、自分が遠くへ出かけて、アリバイ作りをするはずだ。逆に、同じマンションの人間が犯人とすれば、死体をマンションから、なるたけ遠くへ持って行こうとする」

と、十津川はいった。

「わかりました。犯人は、同じマンションの住人ですね」

と、日下が眼を輝かせた。

「それに、学生やサラリーマンじゃないね。その時間には、マンションにはいないだろうから」

と、亀井がつけ加えた。

11

十津川と亀井は、日下を連れて、中野のマンションに出かけた。

管理人に、住人の名前や年齢、それに職業などを聞いてから、各階を見て回った。

「ほう」

と、十津川が声をあげたのは、二階にあがったときだった。

二〇一号室に、「杉本探偵事務所」の大きな看板がかかっていたからである。

「いやでも眼につくね」

と、十津川はいった。

「平山や、代田ゆう子の行方を探してくれた私立探偵です」

と、日下がいう。

十津川がベルを押してみたが、いないらしく、応答がなかった。

「平山は、三日に『やまびこ』に乗って、出かけている」

と、十津川は、三階、四階と廊下を歩きながら、日下にいった。

「そうです。彼女は、すでに死亡しているわけですから、平山は、そのことを知らずに、会津若松に出かけたことになります」

「だが、向こうに、彼女はいなかった」

「はい」

「戻って来て、探すだろうね」

「私が彼でも、そうします」

「まず、このマンションへ来たんだと思うね。ひょっとして、彼女が部屋の中で、病気で倒れてしまっているのではないか、そんなことも考えたと思うね。しかし、彼女は、部屋にいなかった。恋人同士だから、部屋のキーを持っていたんじゃないかな。そこで、どうしたかだが」

と、十津川がいったとき、亀井が、

「二階のあの看板が、眼に留まったんじゃありませんか？」

と、十津川にいった。

「私立探偵の看板ね。平山は藁(わら)をもつかむ気持ちでドアを叩(たた)いたことは、十分に考えられるね」

「代田ゆう子の女友だちもここへ来て、この看板を見て、頼んだといっていました」

と、日下がいった。

「それなら、十分に考えられるね」

と、十津川はいってから、

「ところで、私立探偵なら、午前十時を過ぎても、自分の部屋にいた可能性があるね」

「彼が、犯人ですか？」

日下がきいた。

「私立探偵が犯人なら、辻褄が合ってくるよ」

と、十津川はいった。

三人はいったんマンションを出ると、通りの反対側にある喫茶店に入ってコーヒーを頼んだ。

十津川は、ガラスの窓から、マンションを見やりながら、

「私立探偵が犯人なら、自由に細工が出来るだろうね。平山と一緒に会津若松へ行き、また、次は、代田ゆう子の女友だちと、一緒に出かけているからね」

「代田ゆう子を殺した動機は、何でしょうか？」

と、日下がきいた。

「欲望かな」

と、亀井がいった。

「もし、杉本という私立探偵が犯人としてだが、三日に、偶然、出かける代田ゆう子と、マンションのどこかでぶつかったんだろう。彼女は、浮き浮きしていたと思うね。いつもより一層美しく見えたとしても、不思議はない。日頃、気を引かれていた杉本は、強引に自分の部屋に引きずり込んだ。二〇一号室は、エレベーターの傍にあるから、連れ込むのは、楽だったと思うね」

「そして、抵抗されたので、殺したわけですか？」

と、日下がきいた。

「そうだろうね」

と、亀井がいい、十津川がそれに続けて、

「杉本は、そのあと、このままでは、間違いなく自分の犯行とわかってしまう。何とかしなければと、考えたんだと思うね。彼女がどこかへ出かけるところだったから、まずどこへ行く気だったのかを、調べることにした。何号室に住んでいるかは、前から知っているし、彼女は、キーを持っていた。そのキーで彼女の部屋に入ったんだ」

「そして、恋人の平山英司から来た手紙を、見つけたわけですね？」

　と、日下。

「そうだ。それで、彼女が恋人の平山と会津若松へ行くはずだったと知った。杉本は、考えたんだろうね。死体を向こうへ運んでおけば、旅行に行って、殺されたことになるのではないかとね。彼は、車のトランクに彼女の死体を入れ、会津若松に向かったんだ。そして、磐梯山ゴールドラインの途中で捨てたのさ」

「それで、すんでいれば、第二の殺人はなかったんだが、平山が、会津若松で代田ゆう子に会えなくて、彼女のマンションに戻って来たんだよ。ひょっとして、彼女も戻っているのではないかと思ってね。だが、彼女はいない。どうしたらいいかと、悩んでいるとき、あのばかでかい看板が眼についたんだろう。私立探偵の看板がね。あれだけ大きいと、偶然とはいえなくなるんじゃないかね」

　と、十津川は笑った。

「それで、平山は、何も知らずに、恋人を探してくれと、杉本に頼んだわけですね？」

「頼まれた杉本も、びっくりしたと思うね。自分が殺した女の行方を探してくれといわれたんだからね。しかし、杉本は、うまくやれば、平山を犯人に仕立てあげることが出来ると考えたんだね。そこで、平山に、もう一度、会津若松へ行けと、すすめたんだよ。会津若松、そして東山温泉と、スケジュールどおりに泊まってみれば、ひょっとして、代田ゆう子が現われるかもしれないと、いったんだろう」

と、十津川がいう。

亀井が続けて、

「藁をもつかみたい平山は、いわれたとおりにした。本名で泊まり、いつゆう子が現われてもいいように、ツインルームをとった」

「しかし、六日、七日と泊まったあと、フロント係に三日、四日に泊まったことにしてくれと、平山は、頼んでいますね。あれは、何のためにしたんでしょう?」

と、日下がきいた。

十津川は、笑って、

「あれは、杉本のやったことだよ」

「しかし、警部。杉本は、平山とは顔が違います。すぐ、変だと思われてしまうんじゃありませんか?」

「わざわざフロントへ行って、いったわけじゃないさ。平山がチェックアウトした直後に、そのホテルに杉本が電話を入れたんだ。今、チェックアウトした平山だが、三日に泊まったことにしてほしいとね。声が多少違ったとしてもフロント係は、別におかしいとは、思わなかっただろうね。その名前の男が、現に泊まったんだから」

「杉本は、なぜ、そんなことをしたんでしょうか？」

と、日下がきくと、亀井が、

「それは、あとになって、平山を犯人らしく見せるためさ」

と、いった。

十津川が、それに付け加えて、

「あとになって、その小細工が、杉本にとって、命取りになったんだよ。杉本としては、うまくやったと思ったんだろうし、一時は、平山を犯人らしく見せてはいたんだ。しかし、杉本としては、平山を生かしておくわけにはいかない。無理心中に見せかけて、殺す必要があった。といって、ただ殺すのでは、犯人にはならないので、遺書を持たせておいて、殺すことにしたんだな。平山が会津若松、東山温泉と回っている間に、杉本は、急いで東京に引き返し、平山のマンションに忍び込んで、そこにあったワープロで、遺書を作ったんだよ。それを持って、彼は東山温泉に引き返した。チェックアウトした平山を、猪苗代湖に連れ出した。あの辺りも、探してみようといって、連れて行ったんだろうね。そして、林の中で休むことにして、そのとき農薬を飲ませて殺し、遺書を持たせておいたんだ」

「うまくいったわけですね。平山は、手紙もワープロで書く癖があったし、同じワープロですから」

「だが、それが失敗だったのさ」

と、十津川はいった。

12

十津川は、その理由を話した。

「会津若松、東山温泉のホテルに、平山を泊め、泊まった日を変えてくれとフロントにいうことで、彼を犯人らしく見せようとしたんだ。それだけなら、悪くはない方法だが、遺書のことを考えると、おかしくなってしまうんだよ。平山は、代田ゆう子を殺したのに、それを誤魔化そうとして、細工をしたことになる。そのあと、いったん東京に帰り、もう逃げられないと観念して、遺書を書き、自殺したのなら、納得できるんだが、そうではなかった。東山温泉を出て、すぐ猪苗代湖に向かい、自殺してしまったことになった。杉本は、一刻も早く、平山を殺したかったんだろうね。長引けば、それだけボロも出るし、平山に怪しまれると思ったんだな。しかし、それが失敗だった。遺書をペンで書けばよかったんだが、それは出来ない。そこでワープロで打った。そのワープロは、東京にあるんだから、平山は会津若松に来る前に、遺書を書いていたことになってしまうんだよ。申しわけないことをしたという遺書を身につけて、自分が犯人でなく見せかけるためにアリバイ作りをしていたことになってしまうんだよ」

「なぜ、そんな失敗をしてしまったんでしょうか？」

と、日下がきいた。

「それは、杉本が犯人だからさ。小細工をすればするほど、ボロが出るのは、当然なんだよ」

と、十津川はいった。

「しかし、杉本は、どこへ行ったんでしょう？」

と、日下がきいた。

十津川は、急に難しい眼になって、

「カメさんは、どう思うね？」

「自殺しに行ったといいたいところですが、杉本は、そんなしおらしい男じゃありません」

「とすると、悪あがきをしている可能性があるね」

と、十津川はいった。

彼はすぐ、レジの近くにある公衆電話から、福島県警の会津若松署に連絡をとった。

杉本は、何回か向こうに行っている。都合の悪いところを、目撃されているのではないか。

それを、カバーしに行っているのではないか。そう十津川は、考えたのだ。

三人は、急いで警視庁に戻った。

十津川は、杉本が自分の部屋で代田ゆう子を殺したものと考え、彼の部屋を調べる許可を求めることにした。

会津若松署からは、なかなか連絡が入って来なかった。

杉本の背恰好（せかっこう）や顔の特徴などは、以前に杉本に応対した中村刑事から伝わっているだろうが、あらためて入手した杉本の顔写真を、会津若松署に電送した。

杉本の部屋を調べるための令状が出たのは、翌日である。

十津川は、亀井と二人、すぐ中野のマンションに出かけた。

杉本は、まだ帰っていなかった。

二人は、ドアを開けて、杉本の部屋に入った。

2DKの部屋で、六畳の居間には、「正確、迅速、親切」と書かれた額がかかっている。調査のモットーということなのだろう。

二人は、綿密に、二つの部屋とバスルームなどを調べていった。

ここで殺人が行なわれたとしても、杉本は、その痕跡を消したに違いないから、なかなか痕跡が見つからないのも当然なのだ。

二時間以上かかって、やっと亀井が奥の六畳の隅から、プラチナのネックレスの一部を見つけた。

途中で切れたものである。これが代田ゆう子のものなら、ここで抵抗したとき、ちぎれたに違いない。

二人がそれを持って、警視庁に戻ったとき、会津若松署から電話が入った。

刑事課の真田という警部からだった。

「杉本を逮捕しましたよ」

と、真田は弾んだ声でいった。

「どこで、何をしようとして、捕まったんですか？」

と、十津川は興味を持ってきいた。

「八日の午後、平山と杉本を乗せたタクシーの運転手がいるんです。浜村という四十二歳の運転手ですが、彼が今日、襲われました。乗せた乗客に殺されかけたんですよ」

「その犯人が、杉本だったんですね？」

「そうです。犯人は、出来心で金を奪ろうとしたんだと、主張しましてね。そちらからの電話がなかったら、タクシー強盗として、処理してしまうところでした」

「それで、しばらく留置されても、杉本には、何も痛いことはありませんからね」

「そうなんです。ところがそちらから電送された写真を見て、杉本とわかりましてね」

「浜村という運転手は、杉本と平山を乗せたことを覚えていたんですか？」

と、十津川がきくと、真田は、笑って、

「それが、すっかり、忘れていたそうなんです。今日、杉本を乗せて、殴られたときも、てっきりタクシー強盗だと、思ったそうです。しかし、今は、全部、思い出してくれました。東山温泉のホテルから平山を乗せ、途中で杉本が乗って来たというのです。猪苗代湖まで、二人を乗せたことをしっかりと思い出してくれました」

「杉本は、すべてを自供しましたか」

「いや、相変わらず、金欲しさに強盗を働いたんだと、主張していますが、もう駄目ですね。浜村運転手が思い出してくれたし、それに杉本は、会津若松駅や東山温泉にやって来て、タクシー運転手の顔をしきりに見ていたという証言も、得ているんです。つまり、八日に、自分と平山が乗ったタクシーの運転手を、探していたんだと思います」

と、真田警部はいった。

続けて、真田は、

「こちらで取調べをすませたあと、そちらへ護送します」

と、いった。

「私も、杉本に会うのを、楽しみにしています。そう彼に伝えておいて下さい」

と、十津川はいった。

快速列車「ムーンライト」の罠

1

新潟県の東三条に近い弥彦神社は、漁の仕方と塩の作り方をつかさどるといわれる天香具山命を祭神としている。

標高六三八メートルの弥彦山の麓にあって、杉並木の美しさでも有名だった。

近くには、古くからある弥彦温泉、観音寺温泉、さらに足をのばせば、弥彦参りの宿場として栄えた岩室温泉などがある。

弥彦山に登れば反対側に日本海が広がり、佐渡も間近に見ることができる。

十一月二十五日。

昨日の二十四日まで、弥彦神社で開かれていた菊まつりも終わって、いよいよ、この辺りも本格的な冬を迎えようとしていた。

十二月に入れば、早々に初雪に見舞われるだろう。

午前六時といっても、境内の鬱蒼とした杉木立ちの周囲はまだ暗い。

弥彦温泉「菊のや」旅館の主人原田は、毎朝、犬を連れて、弥彦神社の境内を散歩するのを日課にしていた。

原田は、犬好きで、シェパードを二頭飼っているのだが、毎日交代で散歩に連れていくのである。

今朝は気の荒い次郎の番だった。次郎に引っ張られるようにして弥彦神社の境内を歩いていると、急に次郎が走り出した。

危うく転びかけた原田は、「こらッ」と怒鳴って次郎の後を追った。

前に一度、次郎が突然、通行人に嚙みついて負傷させたことがあったからである。

早朝に散歩する人が他にもいて、次郎が飛びかかっていったのかもしれない。

（そうだったら大変だ）

と、思ったのだが、次郎が飛び込んだのは藪の中だった。

次郎が、その藪の中でしきりに吠えている。

（何だろう？）

と、思って近づいた原田は、うす暗い杉木立ちの下の藪の中に、人間が倒れているのを発見した。

瞬間、原田が思ったのは、次郎がその人間に嚙みついたのではないかということだった。

この寒い朝、人間がこんな場所に横たわっていること自体が不自然だったのだが、それより嚙みついたかどうかが心配だったのは、前の事件が骨身にこたえていたからである。

ようやく、朝陽が杉木立ちの間から射し込んできて、倒れている人間を照らし出した。

四十歳くらいの男に見えた。

見えたというのは、俯(うつぶ)せに倒れていて、顔が見えなかったからである。

ズボンにセーター姿だが素足だった。

よく見ると、近くにサンダルが落ちていた。

そのサンダルを拾いあげてみると、「ホテル弥彦」と書いてあった。どうやら、弥彦温泉内の「ホテル弥彦」に泊まっている客らしい。

「お客さん」

と、呼んだ。

もう一度、呼んでから、原田は息を呑んだ。

その男の背中から腰部にかけて、明らかに血と思われる赤黒いものが染み込んでいるのが、見えたからだった。

気がついてまわりを見れば、竹笹の葉にも同じような血痕が飛び散っている。

原田は急に怖くなって、あわてて周囲を見廻した。

誰かが、その辺に潜んでいるのではないかと思ったのだ。

しかし、他に人影はなかったし、次郎も吠えるのをやめてしまっている。

原田は、次郎を放り出して、社務所に向かって走った。

2

救急車とパトカーと、それに「ホテル弥彦」の従業員たちが、ほとんど一緒に駆けつけてきた。

静かな神社の境内が、急にやかましくなった。

男はすでに絶命していた。殺人事件ということで、新潟から県警の刑事や鑑識もやってきた。

殺されていたのは、やはり、「ホテル弥彦」に一昨日の十一月二十三日から泊まっている小室功という客だった。

宿泊カードに記入した住所は、新潟市内になっていた。

「一人で泊まっていたんですか？」

と、新潟県警の佐伯という警部が、ホテルのフロント係にきいた。

「はい。お一人でお泊まりでしたが、ツインでした」

「それは、あとから誰か来るということだったんですかね？」

佐伯は、「ホテル弥彦」のフロントで、宿泊カードを見ながらきいた。

「さあ、お客様は、何ともおっしゃいませんでしたから」

「しかし、ツインでしょう？」

「ええ。お客様の中には、お一人でもシングルでは窮屈だからといって、わざとダブルやツインの部屋をご希望の方もありますので」

と、フロント係はいう。

「今朝は、この辺は寒かったでしょう？」

佐伯が聞くと、フロント係は、急に話題が変わったことに戸惑いながら、

「はい、今朝は特に寒かったと思います」

「それなのに、あの客は、素足にホテルのサンダルという恰好で外出していますよ。なぜですかね？」

佐伯が聞くと、フロント係は、ちょっと考えてから、

「それは、多分、車を使われたからだと思いますね」

「車？　しかし、このホテルから現場まで、歩いても十二、三分しかかからんでしょう？」

「そうなんですが、あのお客様は、自家用車で来られましたから」

と、フロント係はいう。

「その車は、今どこにありますか？　現場周辺に、不審な車は停まっていませんでしたがねえ」

「調べてみます」

と、フロント係はいい、佐伯をホテル横の駐車場に連れていった。

「ありませんね。やはり乗っていかれたんです」

と、フロント係はいう。

「どんな車ですか?」

「白いソアラでしたね。新潟ナンバーでした」

と、フロント係はいった。

「何時ごろ出かけたかわかりますか?」

佐伯がきくと、フロント係は、他のルーム係などにも聞いてみてくれたが、結局わからなかった。

とにかく、弥彦神社の境内で、死体が発見されたのが午前六時だから、それより前にホテルを出たことは間違いない。

そんな早く、どこへ行ったのだろうか? それに車はどうしたのか?

まず考えられるのは、被害者が、自分の車で犯人に会いに出かけ、そして殺されたということである。

車は犯人が乗っていったのか。

佐伯は、刑事二人を残し、周辺の聞き込みをやるようにいっておいて、新潟市内に戻った。

被害者小室功のことを調べるためだった。

小室が泊まっていた部屋には、背広やコートが置いてあって、ポケットには同じ氏名で、二種類の名刺が入っていた。社用のものと、個人用だと思われた。

その個人用の名刺にあった住所は、宿泊カードのものと一致していた。

それによると、新潟市内のマンションになっている。

佐伯は、すぐ、パトカーで問題のマンションに出かけた。

新築七階建てのマンションの五階である。

管理人に聞くと、どうやら小室功は、東京から去年の十月に、こちらにやってきたらしい。

「新潟の支店に転出になって、来たんだといっていましたね」

と、管理人はいう。

とにかく、被害者の部屋を調べてみることにした。

緊急なときなので、佐伯はドアのカギをこわして、青木刑事と一緒に部屋に入った。

ホテルの部屋にもキーはなかったし、被害者自身もキーホルダーは持っていなかった。おそらく、車で出かけたとき、キーホルダーも持っていったからだろう。

2DKの部屋だが、全体にがらんとした感じなのは、去年の十月に転居して、一年少しで、まだ調度品が揃っていないからだろう。

机の引出しやタンスの中などを調べていって、佐伯たちは、新しく刷った名刺の束を見つけ出した。

〈中央興業新潟営業所　副営業所長

小室　功〉

という名刺だった。

東京からこちらに移ってきてから作った名刺だろう。

中央興業といえば、レクリエーション関係の用具の販売や、ゴルフコースの運営などで有名な会社である。

佐伯は青木刑事を連れて、中央興業新潟営業所を訪ねることにした。

信濃川にかかる万代橋に近い場所に建つビルに、中央興業新潟営業所の看板がかかっていた。

所員四十名という営業所だった。

佐伯は、ここで所長の田沢という男に会った。

五十七、八歳の、叩きあげという感じの男だった。

佐伯が小室が殺されたことを告げると、田沢は青い顔になって、

「本当ですか？」

と、きき、佐伯が本当ですというと、

「そりゃあ大変だ。大変なことになった」

と、いって、小さく唸った。

「何が大変なんですか？」

「実は、この新潟営業所は、成績があがらなかったんですよ。それで本社から小室君が乗り込んできましてね。一年でどうにか立て直したんです。その小室君が亡くなったとなると、今後のことが心配ですからね」

と、田沢は青い顔でいう。

佐伯は、首をかしげて、

「しかし、所長のあなたがいるじゃありませんか」

「私は昔の人間で、新しい時代についていけんですわ。今の若い人が何を要求しているかわからんのですよ。小室君が来たので、来年あたり引退しようと思っていたんですがねえ」

「小室さんは、確か三十五歳でしたね？」

「そうです。若いだけに、今の時代の要求をよく知っていますよ」

「抵抗はありませんでしたか？」

「何がですか？」

「本社から若い社員が乗り込んできて、副営業所長に納まったことについてですよ」

と、佐伯がいうと、田沢は笑って、

「それは、ぜんぜん、ありませんでしたね。彼の才能は大したもので、完全に脱帽していますから」

と、いった。

「小室さんは、一昨日（おととい）から、弥彦温泉に行っていましたが、それは休暇をとってですか？」

「去年の十月に、小室君は、ここへ赴任（ふにん）してきたわけですが、それから一年間、彼はほとんど休暇をとらずに、立て直しに働き続けましたのでね。やっと、ここの営業成績も安定してきたから、このへんで休暇をとって、ゆっくり温泉にでも行ってきたらと、すすめたんですよ。それで一昨日から一週間、弥彦温泉や岩室温泉などで、骨休めをしてくるといっていたんですよ」

「小室さんですが、家族はいるんですか？」

「東京に奥さんと子供がいます」

「なぜ、新潟に一緒に来なかったんですか？」

「二人の子供がいて、学校があるので、いわば単身赴任でこちらへ来ていたんです。

子供は小学校の三年と一年と聞いています。本当に亡くなったとすると、家族が大変ですよ」

と、田沢はいった。

「小室さんに敵はいませんでしたか？　遣り手だというと、敵も多かったんじゃないかと思いますがね」

「ライバル会社にしてみれば、手強い人間だったでしょうが、社内では人望もありましたよ」

「小室さんは、副所長として来たわけですね？」

「そうです」

「すると前の副所長の人は、どうなったんですか？」

佐伯は、意地の悪い質問をした。

田沢は、一瞬、当惑した表情になったが、

「今でも、うちにいますよ」

「平社員として？」

「まあ、そうです」

「その人にしてみれば小室さんは、面白くない存在だったでしょうね？」

「どうですかね。気持ちまではわかりませんが、彼はおとなしい男ですから、小室君を怨んだりは、していないはずですよ」

と、田沢はいった。

「彼の名前と住所を教えてくれませんか」

「疑うんですか？」

「少しでも動機がある人間については、調べる必要がありますのでね」

「名前は、宮川勇一郎です。住所は、四ツ屋町のマンションになっています。彼には家族もありますから、調べるにしても穏やかに願いますよ」

「それは気をつけます」

と、佐伯は約束してから、

「小室さんは、なかなかハンサムだったから、女性にもてたんじゃありませんか？それに一応、新潟では独身だったわけですから」

「そうですねえ。もてる人だと思いますよ。ただ、こちらへ来てからは、仕事一途だったような気がしますね」

「お酒はどうだったんですか？」

「強い人でしたね」

「一緒に飲みに行ったことはありますか？」

「何度か行ったことがありますね。お得意様と一緒のときがほとんどでしたが、彼と二人だけで行ったこともあります」

「行きつけの店を教えてくれませんか」

「接待のときに使っているのは、古町通七番町の『黒い瞳（ひとみ）』というクラブです」

「二人だけのときは？」

「そんな高い店には行けませんからね。駅前の小さなバーに、行っていますよ。ホステスのいないカウンター・バーです」

と、田沢は笑った。

3

佐伯は、宮川という前の副所長を営業所近くの喫茶店に呼び出し、会ってみた。

年齢は四十二、三歳だろう。

佐伯が小室の殺されたことを話すと、宮川も戸惑いの色を見せた。

「信じられませんね」

と、宮川は小声でいい、盗み見るように佐伯を見た。自分の置かれた立場が、よくわかっているからだろう。

「これで、また副所長に戻れますね」

と、佐伯がいうと、宮川は眉をひそめて、

「そんなことはわかりませんよ。本社が決めることですから」

「小室さんが、弥彦温泉に行ってることは、知っていましたか？」

「ええ。しかし、僕だけじゃなく、営業所の人間は、みんな知っていましたよ。彼は仕事熱心で、何かあったら、弥彦温泉の『ホテル弥彦』に連絡してくれ、次の岩室温泉ではどこの旅館と、ちゃんといって行きましたからね」

「今朝早く、あなたは弥彦温泉に、いや、弥彦神社に行ったんじゃありませんか？」

佐伯はむき出しの感じの質問をした。案の定、宮川は顔色を変えて、

「それはどういう意味ですか？　僕が、小室さんを殺したというんですか？」

と、聞いた。

佐伯は、表情を変えずに、

「ただ、今朝早く弥彦神社に行ったかどうか、聞いただけですよ。行ってないのなら、そういってください」

「もちろん、行っていませんよ」

　宮川は、怒ったような声でいった。

「証明できますか？」

「証明？」

「そうです。ここから弥彦神社まで、車で一時間半もあれば行けるでしょう。今日はウイークデイで、しかも午前六時前なら、道路はすいている。飛ばせば一時間で着くんじゃないかな。今日は何時に家を出られたんですか？」

「会社は九時に始まるから、八時半です」

「とすると、午前五時前に家を出て、弥彦神社で小室さんを殺し、戻ってきて出社するのは、楽にできますねえ。車は持っていますか？」

「持っていますが、僕は殺してなんかいませんよ。それに、家内や子供と一緒に、ちゃんと朝食をとっているんです。弥彦神社になんか、行っていませんよ」

「朝食は、何時にとったんですか？」

「たしか八時前後です」

「それなら、午前六時に弥彦神社で、小室さんを殺して、ゆっくり車で帰ってこられますね」

「まだ、そんなことをいってるんですか？　僕が殺したという証拠でもあるんですか！」

宮川は腹立たしげに、佐伯を睨んだ。

だが、佐伯は、冷たく見返しただけである。

（とにかく、この男には動機もあるし、犯行の可能性もあるのだ）

と、佐伯は自分の頭に記憶させた。もちろん、宮川を犯人と断定はしないのだが。

4

夜になってから佐伯は、小室が接待用に使っていた古町通七番町のクラブ『黒い瞳』に行ってみた。

小室は、長身でハンサムである。それに、妻子は東京に置いて単身赴任してきている。若くもある。となれば、こちらで親しい女ができていたとしても、おかしくはないだろう。

佐伯は、クラブでまずママに話を聞いた。

すでに、新聞やテレビで、事件のことは報道されているので、ママは佐伯が警察手

帳を見せたとたんに、

「小室さんのことでいらっしゃったんでしょう？　あの方が殺されたなんて、信じられませんわ」

と、先廻りするいい方をした。

「ここにはよく来たそうですね？」

佐伯は、店内を見廻した。田沢営業所長のいったように、広い店内には、いかにも会社の幹部とか、景気のいい中小企業の主人といった顔の客が多かった。

「ええ。よく利用していただきましたわ」

「小室さんは若いし、ハンサムだから、よくもてたと思うんですがね」

「そりゃあ、うちの女の子たちに人気がありましたよ」

「特定の女性は、いませんでしたか？」

と、佐伯がきくと、ママは急に用心深くなって、

「さあ、それはどうでしょうか」

「小室さんが、よく指名していたホステスを呼んでくれませんかね」

と、佐伯はいった。

ママは少し考えてから、ヒロミという二十七、八歳のホステスを呼んでくれた。

背の高い、ちょっとスペイン系を思わせる感じの女だった。

髪を長くしている。こういうのが小室の好みだったのだろうかと思いながら、佐伯は、

「小室さんとは親しかったの？」

と、きいた。

ヒロミは、大きな眼でじっと佐伯を見てから、

「特別に親しくしてたってことはないわ。何回か誘われたことはあったけど」

「それで応じたのかね？」

「そりゃあ、いいお客さんだから、二回ぐらい一緒にホテルに行ったかしら」

ヒロミは、あっけらかんとしていった。

「君のほかに、小室さんと親しくしていた女性を知らないかね？」

「ここにはいないわ」

「ここというと、この店のことかね？」

「そうよ」

「それはどういうことなのかね？　君は小室さんの彼女を知っていたということなの？」

と、佐伯はきいた。

ヒロミはニッと笑って、

「知ってるわ」

「なぜ知ってるのかね？」

「会ったことがあるからよ。小室さんからも聞いてたわ」

「それは東京の女性？」

「本当のことを話していいのかしら？」

「本当のことを話してくれないと困るんだよ」

と、佐伯はいった。

「でも、奥さんが驚くわよ。それとも、奥さんは知ってたのかな」

「とにかく話してくれないか」

「名前はかおりといってたわ。姓のほうは知らないのよ。小室さんが東京にいたときからの関係らしいわ」

と、ヒロミがいった。

「すると東京の女かね？」

「そうよ。小室さんが新潟へ単身赴任で来たんで、大っぴらに会えるといって、ときどき来てたみたい。上越新幹線を使えば、二時間で来られるんでしょう。日帰りで会いに来てたこともあるみたいだわ」

「それ、間違いないんだね？」

「彼女を見たんだから、間違いないわ」

と、ヒロミはいってから、急に雄弁になって、

「前から、マンションに遊びに来ないかって、小室さんに誘われてたのよ。それで、今年の三月ごろだったかな。日曜日、お店が休みだから、突然訪ねてみたのよ。そしたら彼女とばったり」

「それが、かおりという東京の女だったんだね？」

「そのあと、小室さんが店に来たとき、とっちめてやったのよ。そしたらベラベラ喋（しゃべ）ってくれたわけ。家内に内緒で、東京にいたときから付き合っていた女だというのよ。新潟へ来て、かえって会いやすくなったともいってたわ。男ってしようがないなって、思ったわ。奥さんは、きっと新潟の女を心配してると思うけど、意外や、東京の女がってわけね」

「年齢はいくつぐらいで、何をしている女なのかな？」

「二十五、六じゃないかな。はっきりしたことはいわなかったけど、前は同じ会社で

働いていたOLじゃないかと思うの。そんな感じのことを、小室さんはいってたわ。今は違うみたいだけど」

「顔立ちや外見は？」

「男好きがするっていうのかな。タレントのKみたいな感じだったわ。背は一六〇センチくらいかな。若いのに色気を感じる女ね」

「君は、言葉を交わしたの？」

「ちょっとだけね。声は甘い感じだったわ。小室さんに対してべたべたしてたけど、あれは、あたしに対しての当てつけだったかもしれないわ」

「小室さんは、彼女のことをどう思っていたのかね？　本気で好きだったのかね？」

「遊びの相手としては楽しいといってたわ。でも、そんなに男に都合よくばかりは、いかないと思うわね」

「それはなぜだね？」

「彼女、結婚を望んでるもの」

「彼女が、そういったのかね？」

「眼を見ればわかるわ」

と、ヒロミはいった。

その言葉が当たっているかどうか、佐伯には判断がつかなかったが、もしヒロミのいうとおりなら、そのへんに今度の事件の動機があることも考えられるのだ。

佐伯は、手帳に二人の名前を書いた。

宮川勇一郎とかおりである。

そのあとで、もう一人の名前も書き加えた。

小室功の妻である。彼女が、夫とかおりのことを知って、嫉妬から新潟にやってきて夫を詰問し、その揚句、刺殺したことも考えられるからである。

翌日になって、二つのことが新しくわかった。

第一は、被害者の解剖の結果である。

死因は、やはり背中を刺されたことによる出血死だった。刺傷は三つだった。

死亡推定時刻は、十一月二十五日の午前五時から六時の間ということだった。

（まだ、真っ暗なときに殺されたのか）

というのが佐伯の感想だった。

第二は、被害者の車が新潟市内で発見されたことである。

小室の白いソアラは、市内の信濃川の川岸で発見された。

彼が働いていた営業所の近くで、歩いて二十分ほどの場所である。

それに、付け加える感じでわかったことがある。

この真新しいソアラは、ソアラの中でも最高級のクラスで、五百万円ぐらいするものだということだった。

販売したトヨタの販売店に聞くと、一括払いで、しかも現金払いだったという。

そこで、佐伯は改めて、小室の上司である田沢に会って、話を聞いた。

「ああ、それなら簡単ですよ、小室君の家は大変な資産家なんです」

と、田沢は羨ましそうにいった。

「それで、五百万の車も簡単に買えたということですか？」

「そうですよ。辞めても、悠々とやっていけたはずですよ。もっとも、死んでしまっては、どうしようもないでしょうがね」

と、田沢はいった。

発見されたソアラの車内は、鑑識が綿密に調べたが、ハンドルなどから犯人のものと思われる指紋は検出されなかった。

おそらく、犯人は手袋をはめて、被害者の車を運転して、弥彦から新潟市内へ逃げたのだろう。

佐伯は、東京の警視庁に、「かおり」という女性と小室の妻について調べてくれるように頼んでから、今度の事件を頭の中で組み立ててみた。

被害者の小室は一週間の休みをとり、十一月二十三日、弥彦温泉へやってきて、「ホテル弥彦」に泊まった。

一人でツインの部屋をとったのは、多分、途中で誰かが、彼に会いにやってくることになっていたのだろう。

十一月二十五日の早朝、小室は車でホテルを出た。

デイトの相手を迎えに行ったのだと、佐伯は考えた。

デイトの相手、つまり犯人をである。

何時に小室がホテルを出たかはわからない。

二十四日の夕食を六時半ごろに食べたことは、ルーム係が証言した。二十五日の早朝に、車でホテルを出たと、佐伯は考えたのだが、あるいは二十四日の夜に、ホテルを出たのかもしれないのだ。

いずれにしろ、二十五日の午前五時から六時までの間に、小室は弥彦神社の境内で殺された。

他の場所で殺されて運ばれた形跡はないから、犯人と被害者は車で近くまで来て、降りてから境内に入り、そこで犯人は背中を三回も刺して殺したのだ。

温泉ホテルで会うことになっていた相手ということで、常識的には、相手は女と思えるが、しかし、男の宮川も除外できないと佐伯は思っていた。急に仕事のことで連絡したいといえば、仕事熱心な小室は、宮川に会いに、車で新潟市内にでもやってくるだろうからである。

5

東京の警視庁捜査一課では、新潟県警からの捜査協力要請を受けて、「かおり」という女性を探すことになった。

「小室功の奥さんのことも調べてくれといってきているが、彼女は今日、夫の遺体を引き取りに行っているから、まず『かおり』のほうだけでいいだろう」

と、十津川警部は亀井にいった。

亀井は、若い日下刑事を連れて、中央興業本社へ出かけていった。

かおりが、同じ中央興業に勤めるＯＬだったらしいという証言があったからである。

亀井は本社で、ここ何年間かの全社員の職員録を見せてもらった。

その中に「――かおり」の名前を探した。

二年前の職員録に「辻かおり」の名前が見つかった。

翌年の職員録にはのっていないから、その間に退職したのだろう。

亀井たちは、彼女が所属していた総務課の課長に、彼女のことを聞いてみた。

人の好さそうな課長は、彼女が辞めたのは一身上のことで、小室とは何の関係もないと主張したが、あまりにも強く否定するので、かえって二人の関係を肯定する感じになっていた。

亀井は、微笑して、「そうですか」といい、彼女の現在の住所がわからないかといった。

「新宿で小さなブティックをやっていると聞いたことがありますよ」

と、課長はいった。

彼女と同期で入社したという女子社員に聞くと、こちらはもっと直截で、

「小室さんと彼女との仲は、みんな知っていたわ」

と、いった。

それが、あまり噂になってしまったので、彼女が辞めたのだという。

「退職金と、小室さんに出してもらったお金とで、新宿に『KAORI』というブティックをやってるわ」

「彼女はどんな女性かな？」

と、亀井がきくと、その女子社員は笑って、

「美人だけど、性格はきついわよ。小室さんも、最初は、浮気の相手として恰好の女だと思っていたんでしょうけど、最近は持て余していたんじゃないかしら」

「小室さんの奥さんは、二人の関係を知っていたんだろうか？」

「そりゃあ知っていたわ」

「なぜわかるのかね？　奥さんと彼女がケンカしているところを見たのかね？」

亀井がきいた。

相手は肩をすくめて、

「彼女があたしにいったことがあるの。小室の奥さんに電話してやったって。そういう気の強いところがある人なのよ」

と、いった。

亀井は、「ふーん」と感心するだけである。

亀井の知っている不倫の女というのは、なるべく男の奥さんには知られまいとするものだが、最近の女は違うのか。

亀井は、新宿西口のビルの中にあるブティック「ＫＡＯＲＩ」に行ってみた。

店は閉まっていたが、中をのぞくと女が一人、奥にいるのが見えた。

亀井がガラス戸をノックすると、彼女は疲れた表情で立ち上がって歩いてきて、ガラス戸を小さく開けて、

「今日は休みなんですけど」

「小室さんのことで来たんですよ」

と、亀井はいい、相手に警察手帳を見せた。

辻かおりは予期していたらしく、べつに驚きもせず、亀井と日下を店へ入れてくれた。

若い日下は、店の中に飾られた華やかなドレスに、眼を奪われている。

亀井は、テーブルの上に置かれた新聞をちらりと見てから、

「小室さんが新潟で殺されたことは、ご存じですね?」

と、きいた。

かおりは、小さな溜息をついてから、

「知っていますわ」

「殺されたのは、昨日二十五日の午前五時から六時までの間なんです。その時刻に、どこにいたか教えてくれませんか?」

「そんな早い時間は、いつもマンションで寝ているわ。マンションは小田急線の成城にありますけど」

と、かおりはいった。

「前日の二十四日はどうしていました？」

「二十四日？」

と、かおりは聞き返してから、

「なぜ二十四日のことなど聞くんですか？　彼が殺されたのは二十五日の朝なんでしょう？」

と、怒ったような声で聞いた。

「そうですがね。東京の人間が新潟まで行って、小室さんを殺すとなると、前日の二十四日の夜、東京を出発しなければなりませんからね」

「あたしを犯人だと思っているんですか？」

「動機はあるんじゃありませんか？　とにかく小室さんと関係のあった人間には、全部聞くことにしているんです」

「じゃあ、奥さんにも聞くんでしょうね？」

「もちろん」

と、亀井は肯いた。

てっきり、かおりは、小室の妻が犯人だというのだろうと思ったのだが、続いてかおりの口から出た言葉は意外なことだった。

「奥さんのことも、一緒に証言してさしあげるわ」

「どういうことですか？」

「二十四日の夜、小室の奥さんが突然、店へやってきたの」

と、かおりはいう。

「本当ですか？」

「そんなことで、嘘をついても仕方がありませんわ」

「何時ごろ来たんですか？」

「夜の十時になったんで、店を閉めようと思っていたら、奥さんが突然、顔を出したんですよ。びっくりしましたわ」

「奥さんは、何の用で来たんですか？」

と、亀井がきくと、かおりは顔をゆがめて、

「そんなこと決まっているじゃありませんか。あたしに対する嫌がらせですわ。小室があなたを持て余しているから、早く別れなさいとかね」

「あなたは、奥さんにどういったんですか？」

「負けずにいってやったわ。夫婦仲が冷えきっているのに別れないのは、財産のためでしょうとか、彼が新潟に行ってから、もう何回、会いに行ったとかね」

「それで、奥さんは、何時ごろ帰ったんですか？」

「三十分ぐらい、いたと思いますわ」

「すると、奥さんは、十時三十分に帰ったわけですね？」

「ええ」

「あなたは？」

「それから店を閉めて、まっすぐ成城のマンションに帰りましたわ」

「証明する人はいますか？」

「今日は休んでいますけど、うちで働いてもらっている女の子がいるんです。小林（こばやし）ゆう子という子ですけど、彼女に聞いてもらえば、わかりますわ」

　かおりは、その女の子の電話番号を教えてくれた。

　亀井は、外に出て、公衆電話からかけてみた。

「二十四日の夜ですかァ」

　と、小林ゆう子は電話口で大きな声を出してから、

「あの夜は大変だったんです」

と、楽しそうにいった。

「なぜ大変だったのかね？」

「ママには小室さんという彼がいるんだけど、その奥さんが乗り込んできたの。女同士の陰にこもった悪口のいい合いって、すごかったわ」

「その奥さんは、何時ごろ来たのかね？」

「うちのお店は午後十時に閉めるんです。閉めようとしていたら来たんですヨ」

「それで、帰ったのは？」

「ママは早く追い出そうとしてたけど、三十分は粘っていたわ。だから十時半ごろだった」

「そのあと、君やかおりさんも帰ったんだね？」

「ええ」

と、相手は答えた。嘘をついているようには思えなかった。

6

亀井は、十津川に電話をかけた。

「二十四日の夜十時に、辻かおりと小室の奥さん、小室京子が会ったことは、間違いないと思います。問題はそのあとで新潟に行き、弥彦神社で小室が殺せるかということです」

「その時刻だと、上越新幹線はもうないね」

「新潟まで行くのは、たしか最終が九時何分かだったと思います」

「とすると、在来線に乗っていったんだろうね」

「これから上野へ行って調べてきましょう」

と、亀井はいった。

日下を連れて、山手線で上野へ廻った。

東北に生まれて、二十数年前に列車で上京した亀井は、いつも上野駅に行くと、自然に、到着する列車や乗客に、郷里の匂いを嗅ぐような気分になってしまう。それは新幹線が通るようになっても、変わらなかった。

「いいかね。新宿から上野まで切符を買ったり、改札を通ったりする時間を入れると、三十分は必要だと思う。だから辻かおりが上野に着いたのは、午後十一時と考えていいだろう」

と、亀井は日下にいった。

「つまり、午後十一時、二三時以降に出る新潟行きの列車があるかどうかを調べればいいんですね」

「弥彦神社に近いのは信越本線の東三条だから、そこで停まる列車ならいちばんいいんだよ」

と、亀井はいった。

上野駅に着くと、改札口の近くにかかっている時刻表を見あげた。

「ありますよ」

と、日下が、眼を光らせていった。

「二三時〇三分の寝台特急『出羽(でわ)』と、二三時一二分発の急行『天の川(あまのがわ)』の二本がありますよ」

「これには乗れるねえ」

と、亀井も肯いた。

助役をつかまえ、亀井は、向こうに着く時刻を聞いてみた。

「この二本の列車が、東三条か新潟に着く時間を知りたいんですが」

というと、助役は、

「寝台特急『出羽』のほうは、駄目ですね」

「駄目？」

「この列車は明日の午前一時二一分に水上を出てから、四時三三分に村上に着くまで停車しません。東三条は通過ですし、新潟には寄りません」

「急行『天の川』のほうはどうですか？」

「こちらは大丈夫ですよ。翌日の午前四時〇六分に東三条に着き、新潟着は四時四五分です」

と、助役は教えてくれた。

亀井は、ほっとした。この列車に乗れば、ゆっくり、弥彦神社で午前五時から六時の間に、小室を殺せるだろう。

だが、亀井は、念を入れて、助役に、

「十一月二十四日に出た『天の川』は、事故で延着ということはなかったでしょうね？」

と、きいた。

「十一月二十四日ですか？」

「そうです」

「二十四日は駄目ですね」

「駄目ってどういうことですか？」

「この列車は臨時列車なんです。十一月は二十一日から二十三日の三日間しか動きませんし、あとは十二月二十六日以降になってしまいます。二十四日には動かないんです」

「午後十一時以降、この上野から新潟に行く列車はありませんか？」

「ありませんね」

と、助役はいった。

亀井と日下は、警視庁に戻って、十津川に報告した。

「すると、辻かおりはシロか」

と、十津川はいった。

「彼女がシロとなると、自動的に小室京子もシロになってしまいます」

亀井が憮然(ぶぜん)とした顔でいった。

「二人がしめし合わせて、嘘をついているということはないのかね？　二十四日には、もっと早くかおりが店を閉めているとか、小室京子は、午後十一時にはもう列車に乗っていたとか」

十津川がきいた。

「それはないようです。店の女の子の証言は信用おけますし、同じビルでクラブをやっている人間にも聞いてみたんですが、二十四日の夜は、『ＫＡＯＲＩ』は、十時半ごろまでやっていて、かおりともう一人女性がいたと証言しているんです」

と、亀井はいった。

「すると、犯人は、新潟の人間ということになるのかね。向こうの県警でも一人マークしているといっていたが」

と、十津川はいった。

十津川はすぐ、新潟県警の佐伯警部に電話を入れた。

まず辻かおりのことを話した。

「小室の奥さんは、そちらへ行っているんでしょう？」

「ええ。来ています。明日、こちらで遺体を荼毘（だび）に付して、遺骨を持ち帰ることになっています」

と、佐伯はいってから、

「どうも、こちらの営業所の中に、犯人がいる確率が高くなってきました」

「小室が来たために、副所長の椅子を追われた男ですか？」

「そうです。宮川という男ですが、彼をもう一度、調べてみるつもりです」

と、佐伯はいった。

十津川は、亀井たちに、タクシーを洗ってみてくれるように頼んだ。

列車と飛行機が使用できないとなれば、残るのはタクシーである。

もし、辻かおりか小室京子が、タクシーを使って弥彦へ行ったのだとすると、案外、簡単にその運転手は見つかると、十津川は考えていた。

新宿から新潟までの長距離を走っているからである。

タクシーの運転手は、よく情報交換をするから、そんな客のことはすぐ噂になるはずだった。

それに、二人ともなかなかの美人である。

二十四日の深夜、美人が一人で新宿から新潟までタクシーを飛ばしたとなれば、噂になっていないほうがおかしいのだ。

亀井は、西本と日下の二人の刑事を連れて、新宿周辺のタクシー運転手に片っ端から当たってみた。

しかし、二十四日の夜、辻かおりか小室京子と思われる女を新潟まで乗せたというタクシーの運転手は、見つからなかった。どの運転手も、そんな客の話は聞いていないということだった。

「これで、二人は完全なシロか」

と、十津川はいった。

「そうですね。二十四日の夜、たまたま新潟のタクシーが新宿に来ていて、それに乗ったということは、考えられませんからね」

と、亀井もいった。

二十七日の午後、十津川はもう一度、新潟の佐伯に電話をかけた。

辻かおりと小室京子の二人が、タクシーで新潟に行った気配はないと伝えると、佐伯は、妙に元気のない声で、

「そうですか――」

「どうしたんですか？　これで宮川という営業所員がクロの可能性が、強くなったと思いますが」

「それなんですが」

と、佐伯は相変わらず元気のない声で、

「宮川はシロでした。二十四日の夜から二十五日の朝にかけて、女のところに泊まっていたことがわかったんですよ」

「浮気ですか？」

「そうなんです。奥さんには嘘をついて女のところに泊まっていたわけです。裏もとれました。シロですね」

「すると、やはり辻かおりか小室京子のどちらかが、犯人ですかねえ」

「しかし、アリバイは完全なんでしょう？」

「そうなんですがねえ。小室京子は、もう帰京したんですね？」

「ええ。遺骨を持って帰京しました」

「彼女の印象はどうですか？　そんな女に見えました？」

と、十津川はきいた。

辻かおりと小室京子の写真は、入手している。

辻かおりが、いかにも男好きのする顔立ちなのに比べて、小室京子のほうは、どこか理知的で冷たい感じがするのだが、実際はどうかはわからない。

「そうですねえ。気丈な女性に見えましたね。子供が二人もいるわけですから、当然かもしれませんが」

　と、佐伯はいった。

「気丈ですか」

「そう思いましたね。犯人を早く捕えてくださいといわれましたよ」

「何か犯人逮捕の参考になるようなことを、彼女から聞くことができましたか？」

　と、十津川はきいた。

「それが、まったく心当たりがないということでしてね」

「ご主人に女がいたことはどうです？　辻かおりという名前をいいましたか？」

「いや、主人も男ですから、好きな女性が一人ぐらいいても仕方がありませんとはいっていましたが、女の名前は知らないといっていましたね」

「こちらの調べでは知っていたはずだし、第一、昨日もいったように、辻かおりの店に乗り込んでいるんです」

「そうですね。もし彼女が犯人だとすると、この嘘はマークしなければなりませんが、アリバイがあるとすると、別に重視する必要はなくなりますね」

　と、佐伯はいった。

　たしかに彼のいうとおりだと、十津川も思った。

確固としたアリバイがある以上、彼女が夫の女性関係で嘘をついたとしても、無視していいだろう。

「これから新潟の営業所の全員を、もう一度、洗ってみますが、あまり期待は持てません」

と、佐伯は元気のない声でいった。

「宮川という男以外に容疑者らしい人物はいませんか?」

「いませんね。こちらでの女性関係は、殺人に発展するほど強いものではなかったようですし、参りました」

「私のほうでも、もう一度、二人の女性を調べてみますよ」

と、十津川はいった。

7

十津川は、改めて小室京子と辻かおりのことを調べてみることにした。

「完全なアリバイがあるのに犯人だとすると、あの二人がしめし合わせて、アリバイを作ったことになりませんか」

と、亀井がいった。

「本妻と二号がかい？」

「利害が一致すればやりかねませんよ」

「どんなふうに、利害が一致した場合かね？」

十津川が興味を感じて、亀井にきいた。

「殺された小室が、奥さんにもあきたし、辻かおりも持て余してきた。三人めの女を作っていたというケースです。小室京子も辻かおりも、小室を憎んでいたとすると、二人が芝居でアリバイを作ったことも考えられますよ」

「そして、二人のどちらかが、小室を殺したか？」

「そうです。例えば妻の京子が殺して、辻かおりに礼金を払ったということも考えられますよ。礼金というか口止め料というか」

「しかし、第三者が、二十四日の午後十時半ごろまであの店が開いていたことや、辻かおりともう一人の女がいたと証言しているんだろう？」

「そうですが、そのもう一人の女というのが、小室京子だという確証はないんです。よく似た女だったとすると、京子は、もっと早い時間に上越新幹線に乗って、新潟に向かっていたかもしれません」

「別の女ねえ」

「可能性はありますよ。辻かおりさえ協力してくれればいいんですから」

と、亀井がいった。

「もし、その場合でも、辻かおりは、新潟にも東三条にも行けないわけだから、犯人は小室京子ということになるね」

十津川は、確認するようにいった。

翌日、佐伯から電話があった。

「営業所の人間を全部、調べてみましたが、全員シロでした。もう一つ、新しくわかったことがあります」

「何ですか？　それは」

「殺される前日の二十四日の夜七時ごろと、当日の二十五日の午前一時ごろの二回、外からホテルの被害者に、電話がかかっていたことがわかりました」

「男ですか？　それとも女？」

「どちらも女の声だったそうです」

「同じ女ですか？」

「それはわかりませんが、小室の奥さんか、辻かおりが怪しいと思うんですが、もう一度、二人を調べてもらえませんか」

と、佐伯はいった。

「わかりました。こちらでも、ひょっとすると、作られたアリバイではないかという疑いを持ち始めているんです。もう一度、調べてみましょう」

と、十津川は約束した。

十津川と亀井は、アリバイの証言者である同じビルのクラブ「サファイア」のマネージャーに会った。

「二十四日の夜、ブティック『ＫＡＯＲＩ』で、辻かおりともう一人の女を見たそうですね？」

と、十津川はきいた。

「見ましたよ。十時過ぎにね」

と、三十代のマネージャーははっきりといった。

「一人は、店の主人の辻かおりだったんですね？」

「そうです。顔見知りですから間違いませんよ」

「もう一人の女性ですが、この中にいますか？」

十津川は、五人の女の写真を相手に見せた。その中に、小室京子の写真も混ぜてある。

マネージャーは、迷わずに京子の写真をつまみあげた。

「この女ですよ。背の高さは一六〇センチくらいでしたかね。ちょっときつい感じだが、いい女でしたね」

と、彼はいった。

8

「参ったね」

と、十津川が亀井にいった。

「どうしますか？　これで辻かおりと小室京子の線は消えたと思いますが」

「彼女と会ってみよう」

と、十津川はいった。

「彼女って、どっちですか？」

「小室京子だよ。十一月二十四日の夜、なぜ辻かおりの店へ行ったのか、それを聞いてみたいんだ。何しろ、その翌朝、小室功が弥彦神社で殺されているんだからね」

「作為があるとお考えですか？」

と、亀井がきく。

「犯人は女なんだ。二十四日の夜七時ごろと二十五日の午前一時ごろの二回、弥彦温泉にいた小室に、女の声で電話がかかっている。おそらく犯人だ。二十五日の朝、どこそこまで車で迎えに来てくれといったんだと思う。そして小室を殺したあと、彼の車で新潟市内へ行き、新幹線で東京に帰ったんだと思うね」

と、十津川はいった。

「そのストーリイには賛成ですが、果たして、彼女がそのとおりに動いたかどうかです」

と、亀井がいった。

二人は田園調布（でんえんちょうふ）にある小室邸へ出かけた。

殺された小室が、資産家の生まれだったというだけに大きな家だった。

「この邸も殺人の動機にはなりますね」

と、亀井が小声でいった。

「別れるより、旦那を殺して、全財産を自分のものにするか」

「そうです」

と、亀井がいった。

小室京子は、在宅していた。

庭の見える居間に通された。広い庭に水銀灯が輝いている。

それを見ながら、京子は十津川たちに、

「お見えになると思っていましたわ」

と、いった。

「なぜです？」

「私を疑っていらっしゃるんでしょう？　主人の浮気にカッとした私が、夫を殺したんじゃないかとですわ」

「そうなんですか？」

京子は、落ち着いた声でいった。

と、十津川はきいた。

「違いますわ。殺したいと思ったことはありますけど」

「二十四日の夜、あなたは、新宿の辻かおりのブティックに行きましたね？」

「ええ」

「何をしに行ったんですか？」

「恥ずかしいんですけど、かッとしてしまって」

「辻かおりに対してですか？」

「ええ」

「しかし、なぜ、あの夜に行ったんですか？」

「彼女から電話があったんです」

「彼女から？」

「ええ。まるで私に宣言するみたいに、今夜、新潟へ行って、小室に会うことになっているっていったんです」

「それでかッとしてしまった？」

「ええ」

「ブティックへ行って、彼女に何といったんですか？」

「小室はあなたを持て余して別れたがっている。今日、向こうへ行けば、小室が別れたいというはずだ。それを知らずに、のこのこ出かけていくのって、いってやりましたわ」

「それは本当なんですか？」

「小室が、ある女にまといつかれて困っているといっていたのは本当ですわ」

「辻かおりは怒りましたか？」

「ええ、顔色を変えて怒りましたわ」

「そのあと、どうしたんですか？」

「彼女が怒って、帰ってくれというので、あのお店を出ました。私も気持ちが高ぶっていたので、気持ちを落ち着かせようとして、駅に向かってゆっくり歩いていったんです。そうしたら、彼女がすごい勢いで走っていくのを見ました。駅に向かってですわ」

と、京子はいう。

十津川と亀井は顔を見合わせてから、

「駅に向かって駈けていったんですか？」

「ええ」

「そのときは十一時に近かったんでしょう？」

「ええ」

「駅に何しに行ったんでしょう？　上野へ行っても、もう新潟へ行く列車はないはずなんだが」

「私も、どこへ行くのだろうかと思って、悪いと思いましたが、あとを追けてみましたわ。そうしたら、彼女はJRの窓口で東三条までの切符を買って、改札に入っていきましたわ」

「ちょっと待ってください」

と、十津川は京子を制して、

「新潟、東三条へ行くのは、上野からじゃないんですか？」

「私もずっと、そう思っていたんですけど、最近、新宿からも夜行列車が一本だけ出ているんです。彼女は、それに乗って二十四日の夜、東三条に行ったんだと思いますわ。私はホームまでは追っていきませんでしたけど」

と、京子はいった。

（本当だろうか？）

十津川はまだ半信半疑だった。

新潟行きの上越新幹線や新潟方面へ行く夜行列車は、すべて上野から出ている。新宿から新潟方面へ行く列車があったというのは、初耳だった。

「何時発の何という列車ですか？」

と、十津川はきいてみた。

「たしか、午後十一時ジャストに出る列車ですわ。列車の名前は『ムーンライト』だ

った と思いますけど」

「あなたも、その列車に乗ったんじゃありませんか？」

亀井がきくと、京子はきっぱりと、

「いいえ。私は乗りません」

「それを証明できますか？」

「証明？　改札の駅員さんに『ムーンライト』のことをいろいろと聞いたんですけど、それが証明になりますかしら？　若くて背の高い駅員の方でしたわ」

と、京子はいった。

9

ともかく、新宿駅へ行ってみることにした。そんな列車があるのかどうか、確認することから始めなければならないし、実際に混み具合なども知りたかった。

午後十時半に辻かおりのブティックの前に行き、そこからＪＲの新宿駅に向かって走ることにした。

十二分で新宿駅に着いた。時刻表を見ると、なるほど、二三時〇〇分快速「ムーンライト」とある。行き先は村上である。

「新宿から新潟へ行く列車が出ていたなんて知りませんでしたね」

亀井は興奮した口調でいう。

二人は入場券を買って改札口を通った。

新宿駅は新潟方面へ行く線はないはずだから、どのホームに入るのかと思ったが、問題の列車は中央本線の列車が発着する4番線に入っていた。

三両編成で全席指定である。

うすいグリーンと濃いグリーンのツートンの車体で、前部に「ムーンライト」と書かれた大きなヘッドマークがついている。

五分ほど停まっていただけで、快速「ムーンライト」は新潟に向けて発車していった。

十津川はホームにいた助役に話を聞くことにした。

「臨時とありますが、毎日出ているわけではないんですか？」

と、十津川はきいた。

「来年の二月いっぱいまでは、金、土、日、月だけ走ります」

「すると十一月二十四日は火曜日だから、動いてなかったんですか？」

「いや、十一月は一日から四日までと、二十日から二十四日までも走らせました。二十四日は動きましたよ」

と、助役はいった。

「新宿から新潟まで、どの線を使うんですか？」

亀井が首をかしげながらきいた。

「大宮まで埼京線と平行する貨物線を走ります。大宮から先は、在来の新潟行きと同じですが」

助役は、まだPRが足りなくて、この列車のことを知っている人は少ないともいった。

「上野で十一時以降に出る新潟方面行きは、他にありませんかときいて、ないという返事でしたがね。あれは上野からといったからいけなかったんです。どこの駅からでもいい、他に列車はないかときくべきでした」

と、亀井が頭をかいた。

十津川は笑って、

「そりゃあ仕方がないよ、東北や上越方面の列車は、上野から出るものだと思っているからね」

と、いった。

次に、十一月二十四日の夜、改札をやっていた駅員に集まってもらい、彼らに小室京子の写真を見せた。

若い駅員が、彼女に会ったといった。

「やたらに『ムーンライト』のことを聞かれましたよ。どこに停車するのかとか、毎日出るのかとか、新潟行きはこれが最終かとか。正直いって、少しうるさかったですね」

「それは、何時ごろ？」

「十一時ごろです。彼女が、もし、あの列車に乗りたかったのなら間に合いませんでしたね。十一時になってしまいましたから」

と、その駅員はいった。

これで、辻かおりのアリバイが崩れたことになる。

十津川はすぐ、新潟県警の佐伯に電話を入れた。

佐伯が上京してきたのは、翌日だった。

「辻かおりの逮捕状を持ってきました」

と、佐伯は白い歯を見せて、十津川にいった。

二十四日の快速「ムーンライト」は、二十五日の午前四時四十七分に東三条に着く。辻かおりが、その時刻に東三条に降りたことが確認されたので、逮捕状をとったというのである。

十津川と亀井は、佐伯を連れて、新宿にある辻かおりのブティックに出かけた。

佐伯が逮捕状を示すと、かおりは真っ青になって、

「違うわ。あたしは小室を殺してないわ！」

と、絶叫した。

10

逮捕、連行されたあとも、かおりは無実を主張した。

「しかし、君は嘘をついた。二十五日の朝は自宅マンションにいたとね。実際は快速『ムーンライト』で東三条に行っていたんだ。証拠もある。そして弥彦神社で小室を殺し、新幹線で帰ってきた。そうなんだろう？」

十津川と佐伯が、かわるがわる訊問した。

かおりは、やっと快速「ムーンライト」に乗って、東三条に行ったことは認めた。

が、小室を殺したことは頑強に否定した。

「あたしは殺していませんわ。あの日『ムーンライト』で行くから、車で東三条に迎えに来てくれと、電話しておいたんです」

「二十四日の七時ごろだね？」

と、十津川がきいた。

「ええ。そうです。午前五時に来てくれって。でも来なかったんです」

「それで、どうしたんだ？」

と、これは佐伯がきいた。

「五時二十分ごろまで待ちましたわ。それでも小室が来てくれないんで、タクシーで弥彦温泉に向かったんです。近くなったら、パトカーなんかが集まっていたんで、びっくりしてタクシーを降りて聞いたら、弥彦神社で、ホテルの泊まり客が殺されたっていうんです。どうも小室らしいんです。このままでは自分が疑われると思って」

「逃げ出したのかね？」

「ええ。タクシーがつかまらないんで、弥彦線に乗って、燕三条（つばめさんじょう）まで戻り、新幹線で東京へ帰ったんです。本当です。嘘じゃありません」

「しかしねえ。君以外の誰が小室功を殺すんだ？」

「奥さんがいるわ！」

と、かおりが叫んだ。

「小室京子のことかね？」

「そうよ。彼女は、ご主人の小室があたしと付き合っているのを知っていて、頭にきてたのよ。だから二十四日の夜だって、あたしの店へ押しかけてきていたんじゃありませんか。彼女が先廻りして、弥彦神社で殺したんだわ」

かおりは、顔を赤くしてまくし立てた。

「しかしね。小室京子は十時半まで君の店にいたんだよ」

「ええ」

「君の乗った『ムーンライト』に彼女も乗っていたかね？　三両編成だからわかるんじゃないかね？」

十津川がきくと、かおりは急に力をなくした顔で、

「乗っていませんでしたわ」

「新宿駅の駅員も、小室京子が『ムーンライト』のことをいろいろ聞いたが、その列車には乗れなかったはずだと証言しているんだよ」

「じゃあ、もっと遅い列車で行ったんだわ」

「残念ながら、『ムーンライト』より遅く出発する新潟、東三条行きの列車はないいんだよ」

「本当にないんですか？」

「ああ、一本もないんだ。したがって小室京子には殺せないんだよ」

と、十津川がいうと、かおりは黙って考え込んでしまった。

取調べは何回か行なわれたが、小室は殺していないと主張し続けた。

辻かおりは、東三条や弥彦の近くまで行ったことは認めたが、いぜんとして、彼女が犯人に間違いないと思いますね」

「いくら否定しても、彼女が犯人に間違いないと思いますね」

と、佐伯は十津川にいった。

「そうでしょうね」

と、十津川もいった。

「彼女には動機もあるし、二十五日の早朝、現場近くにいた証拠もあるんです。動機があるのはもう一人、小室京子がいますが、こちらは『ムーンライト』には乗っていなかったんですから、二十五日の早朝、弥彦には行けません。となれば、誰が見ても犯人は辻かおりですよ」

と、佐伯は自信満々にいった。

「どう思うね？　カメさんは」

　と、十津川は亀井の意見を聞いた。

　亀井は、変な顔をして、

「警部は、辻かおりのアリバイが崩れた時点で、彼女が犯人と確信されたんじゃなかったんですか？」

「そうなんだがねえ」

　と、十津川はあいまいな表情になった。

「辻かおりが犯人じゃないとなると、残るのは小室京子だけになってしまいますよ」

「そうなんだ」

「私はあれから念のために、列車を全部調べてみましたが、快速『ムーンライト』のあと、新潟、東三条方面に向かう列車が一本もないことは、間違いありません」

「なるほどね」

「免許をとったばかりの小室京子が、東三条を経て、弥彦までを運転していくのは、まず無理ですよ。また、二十四日の夜、新宿からタクシーで新潟、東三条へ行った人もいない。となれば、辻かおりしか犯人はいませんよ。警部は、何を危惧しておられるんですか？」

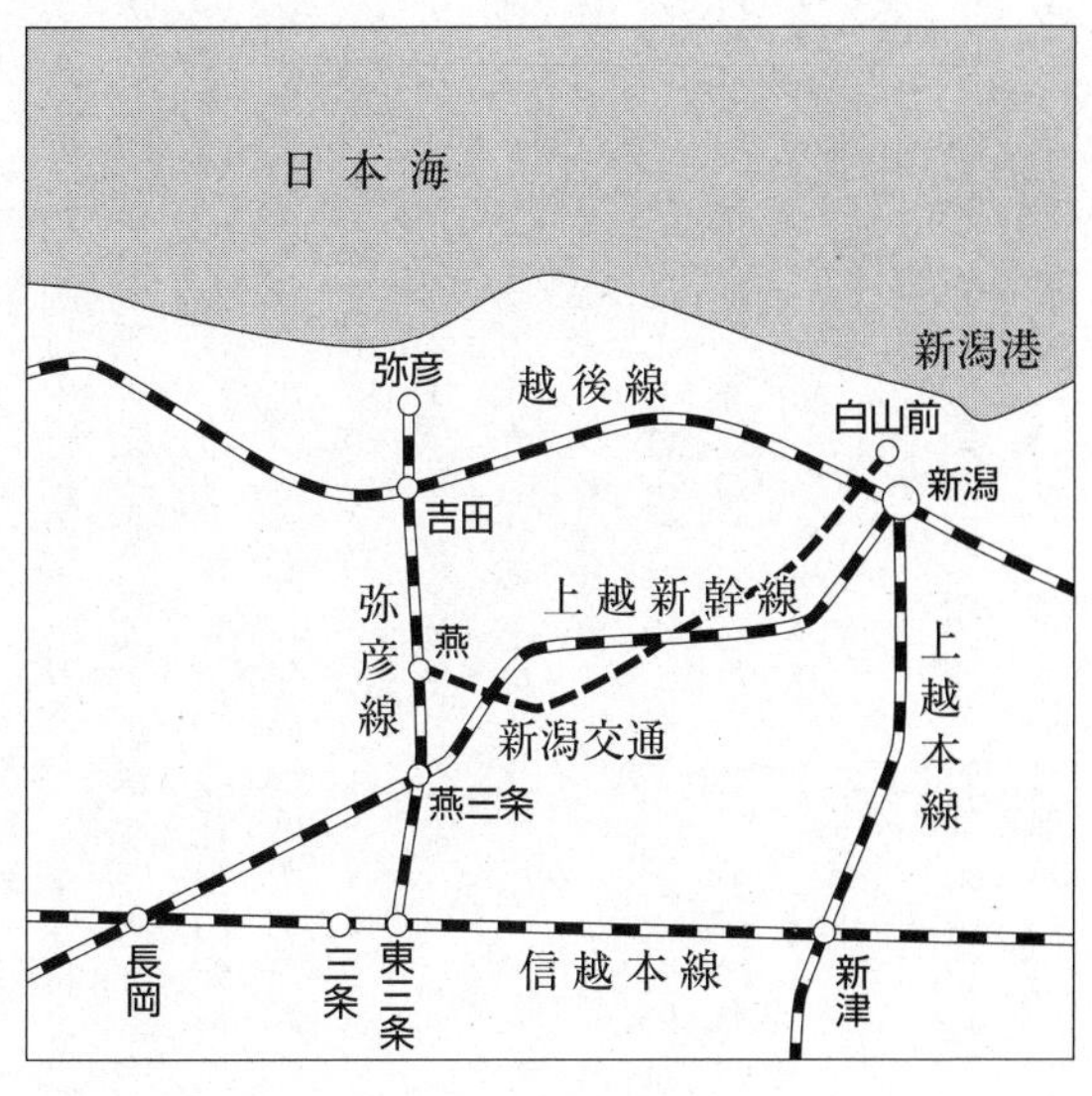
日本海
新潟港
弥彦
越後線
白山前
新潟
吉田
上越新幹線
弥彦線
燕
上越本線
新潟交通
燕三条
長岡
三条
東三条
信越本線
新津

と、亀井がきいた。

「小室京子の二十四日の行動だよ。なぜ、二十四日に京子は辻かおりのブティックに押しかけたのだろう？　なぜ彼女は、かおりのあとを追け、快速『ムーンライト』に乗るのを確認したんだろう？　さらに、改札掛の駅員にあれこれ質問し、自分が『ムーンライト』に乗れなかったことを印象づけたのだろうか？」

十津川は、考えながらいった。

「しかし、それは考えすぎかもしれませんよ」

「ああ、わかってる。だが気になるんだよ」

「他にも気になることがありますか？」

「例えば、こんなことも考えてみたんだ。小室は妻の京子と別れる決心をした。二十四日の夜、かおりから電話のあったあとで、小室は妻の京子に電話をかけ、二人の間はもう終わりだといったんじゃないだろうかとね」

「ええ」

「京子は、敏感に夫の言葉の裏に、辻かおりの影を感じ取って、問い詰めた。そして、かおりが、翌朝、快速『ムーンライト』で弥彦に会いに来ることを聞き出した。京子は怒りに身をふるわせた。夫の小室を殺しただけでは気がすまない。辻かおりをその犯人にしてやろうと考えた」

「はい」

「どうしたらいいだろうと考える。快速『ムーンライト』で行くかおりの先廻りをして、弥彦で小室を殺してやればいいのだ。何も知らないかおりは、のこのこ弥彦に出かけていって、容疑者になるだろう」

「そこまではわかりますが、問題は何といっても、京子が先廻りして、弥彦に行かれたかどうかです。東三条にでもいいですが、不可能じゃありませんか？」

と、亀井がいう。

「不可能に見えるところが、かえって引っかかるんだよ。今もいったように、京子は新宿駅で改札口の駅員に、自分が快速『ムーンライト』に乗れなかったことを印象づけるような行動をしている。意地悪く考えれば、明らかなアリバイ作りだよ」

と、十津川はいった。

「それは、京子が犯人ならばでしょう？」

「もちろん、そうだがね」

「何度もいいますが、快速『ムーンライト』のあと、二十四日の夜、新潟、東三条に行く列車はなかったんです」

「考えられるのは、翌朝の上越新幹線か飛行機ですが、どちらも間に合いません。辻かおりの先廻りはできないんです」

「ああ、わかってる」

と、亀井はいった。

「もう一つ、電話のことがある。二十四日の午後七時ごろの他に、二十五日の午前一時ごろにも女から小室に電話があったじゃないか。かおりは、後者の電話は、自分じゃないといっている。それも、気になるんだよ」

と、十津川はいった。

「警部は、二十五日の午前一時のほうは、小室京子だと思われるんですか？」

「ああ。そうじゃないかと思うんだがね」

「しかし、それが小室京子だとしても、彼女が犯人ということには、なりませんよ。『ムーンライト』には、乗れなかったんですから」

「しかし、京子は、二十五日の午前一時に、電話してないといってるんだ」

「それは、二回とも、かおりがかけているからだと思いますよ」

と、亀井がいった。

「しかし、カメさん。かおりは、二十四日の午後十一時に、『ムーンライト』に乗ってしまっているんだよ。この列車には、電話はついてないから、二回めの電話は、かけられないんじゃないのかね？」

「それが、かけられるんです」

「かけられる？」

「ええ。時刻表を見ると、『ムーンライト』は、〇時五五分に高崎に着き、一時〇九分まで十四分間、停車するんです。十四分あれば、ホームの電話を使って、ゆっくり小室にかけられますよ」

と、亀井はいった。

「二度も、なぜ、かけたんだろう？」

「念を押したんでしょう。絶対に、会いに来てくれとです」

「かおりは、二十四日の午後七時にかけたことも、『ムーンライト』に乗って、会いに行ったことも認めたんだ。なぜ、二度めの電話だけ、否定したんだろう？」

「それは、二度も電話したとなれば、いよいよ殺意が強かったと、思われてしまうからじゃありませんか」

と、亀井はいった。

11

佐伯は、辻かおりを容疑否認のまま、新潟へ連行していった。すぐ起訴手続きをとるといった。

それでも十津川は、考え続けた。

小室京子が田園調布の邸を売り払い、故郷の大阪へ帰るらしいという噂が聞こえてきた。

一等地にあるこの邸は、何十億という金額になるだろうという。

さらに彼女に若い恋人がいたらしいという噂も、十津川は聞いた。

十津川は、若手の西本刑事たちに、その噂を調べさせた。

「小室京子が、二十七歳の青年と付き合っていたことは本当です」

と、西本は報告した。

「どんな男なんだ？」

「彼女の親戚筋の男で、東京の会社に勤めていたんですが、急に会社を辞めて、故郷の大阪へ帰っています」

「すると、彼女は彼の後を追って、大阪へ帰る形になるわけか？」

「そうなりますね」

と、西本はいった。

（京子は、すでに夫への愛を失っていたのだ）

と、十津川は思った。

だが、ただ離婚したのでは、莫大な財産を失ってしまう。自分のほうにも愛人がいたことがわかれば、どれだけもらえるかわからない。

いっそ夫を殺してしまえば、全財産が手に入るし、辻かおりをその犯人にしてしまえば、気分的にもすっきりする。

（だから、かおりを罠にかけたのではないのか？）

しかし、快速「ムーンライト」を見送ってから、先廻りして弥彦神社に着く方法があるのか？

それに京子が犯人として、プロの十津川たちが、なかなかその方法がわからずに困っているのに、なぜ家庭の主婦である京子に見つけられたのだろうか？

二日、三日と過ぎ、四日めに何気なく朝刊を広げた十津川の眼に、次の文字が飛び込んできた。

〈年末の帰省は、ぜひ、帰省バスをご利用ください。毎日、東北、上越方面に、高速バスが走っています。座って帰れるバスをどうぞ〉

（これを京子も見たのではないのか？）

問題は、このバスが何時にどこから出て、向こうに何時に着くかである。

十津川は、高速バスを走らせているいくつかのバス会社に電話をかけてみた。

その結果、関越高速バスが池袋から新潟に向けて、高速バスの夜行便を走らせていることがわかった。

一日六往復。これを、西武バス、新潟交通、越後交通が分担している。

最終の新潟行きは、池袋駅東口と池袋サンシャインシティ・プリンスホテルの前から乗ることができる。

十津川は、その時刻表を手に入れた。

二三時三〇分　サンシャインシティ・プリンスホテル前発車

二三時三五分　池袋駅東口発車

四時二二分　燕三条着
五時〇〇分　新潟駅着

午後十一時に新宿駅で快速『ムーンライト』を見送ってから、山手線で池袋に行き、東口で降りて、ゆっくり、このバスに乗ることができるのだ。

それに燕三条は東三条と弥彦の間にある。

この高速バスには電話がついているから、途中で弥彦温泉の小室に電話をし、燕三条で会ってぜひ話し合いたいといえば、夫の小室は応じただろう。離婚に同意するかといってもいいのだ。

それが、二十五日の午前一時ごろだったのだ。

車で迎えに来た小室を、京子は弥彦神社で、背後から刺殺したに違いない。

「もう一度、小室京子に会いに行こうじゃないか」

と、十津川は亀井に声をかけた。

倉敷から来た女

1

朝早く、その死体は、発見された。

場所は、四谷のNホテルの中庭であった。日本式の庭園が自慢のホテルで、その庭の池のほとりで、彼女は、死んでいたのである。

三十二、三歳の女で、ベンチに腰を下した恰好(かっこう)だったので、最初、死んでいるようには、見えなかった。

部屋のキーを持っていたので、昨日四月七日の午後三時過ぎに、チェック・インした一一〇八号室の客と、わかった。

ホテルで記入した宿泊カードには、次のように、書かれていた。

〈倉敷(くらしき)市中央二丁目×番地　浅井美矢子(あさいみやこ)〉

宿泊予定は、四月九日までになっている。

彼女は、胸を刺されて、殺されていたので、警視庁捜査一課の十津川が、部下の刑事たちと、捜査に当ることになった。

死体は、司法解剖のために、大学病院に廻され、十津川たちは、被害者のいた一一〇八号室を調べてみた。

黒い、革のハンドバッグが、部屋の隅に残されていた。

十津川と亀井は、手袋をはめた手で、ハンドバッグの中身を、テーブルの上に、出していった。

化粧品、ハンカチ、口臭を消す薬、煙草、ライター、二本のキーがついたキーホルダー、七万二千円入りの財布などに混って、二枚の便箋(びんせん)が、出てきた。

いや、正確にいうと、便箋の手紙を、コピーしたものだった。

〈突然の手紙で、驚ろかれたことと思います。

森下敬三氏（といっても、あなたは、覚えておられないと思いますが）が、二週間前に、亡くなりました。資産家で、遺言状を開封したところ、倉敷の浅井美矢子に一千万円を贈るという一項があったのです。いろいろと調べたところ、どうやら、森下氏が、何年か前、一人で倉敷に旅行した時、あなたに親切に応対され、それに感激して、遺言状に、あなたの名前を、書き加えておいたものと思われます。私は、顧問弁護士として、遺言どおり、実行しなければなりません。今日やっと、あなたの住所がわかりましたので、こうして、お手紙を差しあげる次第です。

恐縮ですが、四月七日か八日に、東京四谷のNホテルに入って頂けませんか。当方から、ホテルに連絡し、お会いして、一千万円を、差しあげたいと思います。印鑑も、ご持参下さい。

なお、ご本人であることを確認したいので、この手紙を、持って来て頂きたいと、思います〉

これが、そこに書かれていたことだった。

「印鑑は、ハンドバッグに入っていませんね」

と、亀井が、いった。

「多分、彼女を殺した犯人が、持ち去ったんだろう」

「元の手紙もでしょうね」

「ああ」

「なぜ、被害者は、わざわざ、手紙をコピーしていたんですかね？」

「手紙の内容に、不審を持ったからじゃないか。少し、うま過ぎる話だからね」

と、十津川は、いった。

とにかく、この手紙のために、殺人が起きたことは、間違いないと見てよさそうである。

十津川は、日下と北条早苗の二人の刑事を呼んで、すぐ倉敷に行き、殺された浅井美矢子について、調べてくるように、命じた。

2

日下と早苗は、飛行機の便がとれなかったので、新幹線で、倉敷に向った。

一一時四二分発の「ひかり111号」に乗り、一五時五三分に、岡山で降りた。

岡山駅には、電話で連絡しておいたので、県警の佐山という刑事が、パトカーで、迎えに来てくれていた。二十代の若い刑事だったので、若い日下と早苗も、気が楽だった。

「一千万円というのは、大金ですね」

と、車の中で、佐山が、いった。

「ええ」

と、早苗が、肯いて、

「死んだお金持ちは、きっと、ひとりぼっちのお年寄りで、たまたま、旅行先で親切にされて、とても、嬉しかったんだと思いますわ」

「私も、これから、観光客には、親切にしますよ。どんな金持ちがいるか、わかりませんからね」

と、佐山が、笑った。

「でも、殺されるかも知れませんよ」

と、日下が、口を挟んだ。

「なぜ、一千万円の代りに、刺されてしまったんでしょうかね？」

と、佐山が、きく。

「遺族の中に、見ず知らずの女性に、一千万円もやりたくない人がいたんじゃないかしら？」

と、早苗が、いった。

「この番地の場所は、倉敷のどの辺なんですか？」

と、外の景色を見ながら、日下が、きいた。

「多分、美観地区の中だと思います」

と、佐山が、いう。

「美観地区って？」

「倉敷川の両側に、昔ながらの蔵屋敷や、民芸品を売っている店や、和風グリルとかが並んでいる場所です。大原美術館も、この地区にあって、観光客が、必ず行く場所です」

「きっと、死んだお金持ちも、そこで、親切にされたのね」

と、早苗が、小声で、いった。

パトカーが、とまり、佐山が、

「ここからは、歩いて下さい」

と、いった。

日下も、早苗も、佐山に続いて、パトカーから降りた。

佐山が、いった通り、川の両側に、明治から大正時代にかけてのものと思われる建物が、ずらりと並んでいる。

旅館、証券会社、掛茶屋風の喫茶店、手打ちそばの店、民芸品店、全て、古めかしい。

倉敷川自体も、石垣でかためられ、大きな鯉が、悠然と泳いでいる。川にかかる橋も、中国風の石橋である。

観光客が、柳並木の川沿いの道を、ぞろぞろ歩いている。

「ちょっと、待っていて下さい。聞いて来ます」

と、佐山は、二人を石橋の袂(たもと)に待たせておいて、駆け出して行ったが、五、六分して、戻ってくると、

「わかりました。ご案内します」

と、二人に、声をかけた。

佐山が、案内したのは、川沿いの民芸店の一つだった。

白壁に瓦屋根(かわら)、店の前には、緋(ひ)もうせんの床几(しょうぎ)が出ていて、若い女性の観光客が、腰を下していた。

店の軒下に、確かに、「浅井」の表札が出ていた。

佐山が、奥に向って声をかけると、二十五、六歳の女が、出て来て、

「何かご用でしょうか？」

と、三人を見た。

「浅井美矢子さんのことで、お聞きしたいことがあるんですよ。今朝、東京のホテルで殺されたことは、もう、知っていると思いますが」

と、日下が、女に向って、声をかけた。

女は、眉をひそめて、

「私が――？　何のことでしょうか？」

「ちょっと、待って。あなたの名前は？」

と、早苗が、きいた。

「私？　浅井美矢子ですけど」

「あなたが？」

「はい」

と、彼女が肯く。

思わず、日下と早苗は、顔を見合せた。

「それ、間違いないの？」

と、日下は、きいた。

「ええ」

「君に、お姉さんはいない？　三十歳くらいの」

「いませんわ。兄はいますけど、今は、アメリカに行っています」

と、相手は、いった。

「三十二、三歳で、細面で、鼻が高く、眼が大きい。身長は百五十五、六センチ、痩せている。そんな女を知りませんか？」

と、日下は、きいた。

「いいえ。知りませんわ」

と、相手は、首を横にふった。

「森下敬三という人は、どうかしら？」

と、今度は、早苗が、きいた。

「いいえ。知りませんけど――」

「知らない？」

「ええ」

「変なことを頼みますけど、あなたが、浅井美矢子であることを証明するものを、何か、見せてくれませんか」

と、早苗は、いった。

相手は、変な顔をしていたが、それでも、いったん奥へ入り、運転免許証を持って戻り、それを、日下と早苗に、見せてくれた。

免許証には、間違いなく、浅井美矢子とあり、貼られている写真も、彼女のものだった。

「これは、どういうことなのかしら？」

と、早苗は、日下に、きいた。

「僕にだって、わからないよ」

と、日下は、肩をすくめて見せた。

二人は、佐山に紹介された倉敷駅近くのホテルに、チェック・インした。

そのあとで、日下が、東京の十津川に電話し、わかったことを、報告した。

「とにかく、倉敷市中央二丁目×番地の浅井美矢子は、生きていて、死んだ女については、全く、知らないと、いっています。二週間前に死んだ森下敬三のこともです。全部、インチキなんじゃありませんか？」

と、日下がいうと、電話の向うで、十津川は、

「森下敬三は、実在していて、二週間前に、死んでいるよ」

「金持ちですか？」

「ああ。年齢六十七歳。森下興業の社長で、遺産は、何十億だ」

と、十津川は、いった。

3

それは、二週間前の新聞で、わかったことだった。

手紙に、二週間前とあったので、その頃の新聞を調べたところ、のっていたのである。

いわゆる死亡欄で、死因は、心不全となっていた。

十津川は、西本と清水の二人を、森下家にやって、問題の遺言状があったのかどうか、調べさせることにした。

戻って来た西本と清水は、

「手古ずりましたよ。なぜ、遺言状なんか、見せなきゃならないんだと、遺族が、すごいけんまくでしてね。そこを、拝み倒して、顧問弁護士にも来て貰って、遺言状を見せて貰いました」

と、疲れた顔で、いった。

「それで、浅井美矢子へ一千万円という項目は、遺言状にあったのか？」

と、十津川は、きいた。

「ありませんし、弁護士も遺族も、浅井美矢子という名前は、聞いたことがないといっています」

と、西本は、いう。

「遺言状が、改竄(かいざん)されている可能性は？」

と、亀井が、きいた。

「ありませんね。それに、亡くなった森下敬三ですが、旅行は、あまり好きじゃなかったようです。これは、彼の友人たちに、聞いたんですが」

と、清水が答えた。

「森下の遺族は？」

と、十津川は、きいた。

「六十歳の妻、三十七歳の息子、三十二歳の娘がいます。息子は、すでに結婚し、森下興業の人事部長ですが、遠からず、亡くなった父親のあとを継いで、社長になる筈(はず)

です。娘は、結婚して、今、ハワイで生活しています」

と、西本が、手帳を見ながら、いった。

「この三人は、十分な遺産の分け前に、与っているんだね?」

「そうです。一千万円で、文句をいうとは、思えません」

「どうも、妙な具合になってきたな」

と、十津川は、呟いた。

「森下が、ひとりで、倉敷へ旅行したことはなかったんだろうか?」

亀井が、西本と清水を見た。

「それが、わからないんです。旅行は嫌いだといっても、ふらりと、ひとりで、倉敷へ行ったかも知れません。とにかく、ワンマン社長で、気まぐれな人間だったようですからね」

と、西本が、いった。

「奥さんは、どんな人なんだ?」

と、亀井が、きいた。

「よくわかりませんが、会った感触では、しっかりした女性でしたよ。気が強い感じと、いったらいいですかね」

と、西本がいい、清水が肯く。

亀井は、考えていたが、十津川に向って、

「こういうことは、考えられませんかね。森下は、会社では、ワンマンだったが、家では、奥さんに、頭があがらなかった。そんな森下が、たまたま、倉敷で知り合った若い娘に惚れてしまった。自分の死期が近づいた時、森下は、彼女に、何とか、まとまった金をやりたいと、思った。そこで、弁護士か、秘書かに、頼んでおく。私が死んだら、一千万円を、倉敷の浅井美矢子に渡してくれとです。そんな関係だから、もちろん、遺言状に書いたりは出来ない——」

「なるほどね。しかし、それなら、なぜ、浅井美矢子が、殺されてしまったんだ？」

「顧問弁護士なら、殺したりはしないでしょう。しかし、若い秘書だったら、どうかと、思うんですよ。一千万円の現金を預って、浅井美矢子に渡すように頼まれた時、こんな大金を、渡すのが、バカらしくなった。四谷のホテルに、相手を呼び出して、殺し、一千万円を自分のものにしてしまった——」

「面白いね」

「森下社長が、ひそかに、その秘書に一千万円を渡して、頼んでおいたとすると、他の誰も知らないわけです。人を殺して、一千万円を手に入れて、何くわぬ顔をしているかも知れません」

と、亀井は、いった。

「問題は、そんな人間が、いるかどうかだな」

「いるとすれば、若い秘書だと思いますね。それに、森下社長に、信頼されていた。中年の秘書なら、森下興業に勤めているのに、そんな危い橋は、渡らないと、思いますから」

と、亀井は、いった。

十津川は、西本と、清水に向って、

「ご苦労だが、今、カメさんがいったような人物がいるかどうか、調べて欲しい」

と、いった。

二人は、再び飛び出して行った。

残った十津川と亀井は、ここまでの事件の経過を書きつけた黒板に、眼をやった。

「問題は、倉敷にもありますねえ」

と、亀井は、いった。

「浅井美矢子のことだろう？　殺されたのは、ニセモノだった。それを、どう解釈したらいいのか」

と、十津川は、眉を寄せた。

「いろいろ考えられますね」

「どんな風にだ？」

「ニセモノの女を、仮に、A子としましょうか。A子は、人妻だった。A子は、倉敷で森下社長と知り合い、関係を持った。しかし、その時、A子は、人妻だった。本名を名乗れないので、たまたま、知り合いにいた浅井美矢子の名前を使って、森下とつき合っていた。そして、森下が死にました。ホンモノの浅井美矢子は、この間の事情を知っていて、あの手紙を、A子に渡し、A子は、手紙の指示に従って、上京し、四谷のNホテルに泊って、連絡を待った。これで、説明がつきますが」

「ホンモノの浅井美矢子が、何も知らないと、いったのは？」

「A子が、人妻だとすれば、不倫が、公けになるわけですから、黙っているのも、わかる気がします」

と、亀井は、いった。

「その点、倉敷に行っている二人に、もう一度、調べ直すように、連絡しておこう」

と、十津川は、いった。

4

翌四月九日。

倉敷の日下と、北条早苗は、ホテルで、朝食をすませたあと、もう一度、美観地区に行き、浅井美矢子に、会うことにした。

暖かい季節になったせいか、早い時間から、観光客が、美観地区の柳並木を、歩いている。

昨日覗（のぞ）いた民芸品店では、浅井美矢子が、母親と、二人で、客の応対に当っていた。

美矢子は、日下と、早苗の顔を見ると、自分から、店の外に出て来た。

「まだ、何かあるんでしょうか？」

と、眉をひそめて、聞いた。

「とにかく、座って話しましょうよ」

と、早苗はいい、店の前に出ている床几に、腰を下した。

日下が、昨日おそく、東京から、ホテルに、ＦＡＸで送られて来た被害者の顔写真を、相手に見せた。

「この女性に、本当に、見覚えがありませんか？」

「ありませんわ」

と、美矢子は、あっさりと、否定した。

心配して、外に出て来た母親にも、日下は、その写真を見せて、同じことを、きいてみた。

母親は、じっと見ていたが、

「知らない人ですわ」

と、はっきりした口調で、いった。

「しかしねえ。この人は、浅井美矢子の名前で、東京のホテルに、泊っているんですよ」

「でも、浅井美矢子というのは、そんなに特別な姓名じゃありませんから。同じ名前の人がいても、おかしくありませんわ」

「住所も同じなんですよ」

「その辺のところは、よくわかりませんけど――」

母親は、困惑した顔になった。

娘の美矢子が、

「新聞に、私の名前がのったもので、友だちが、心配して、電話をかけてくるんです。私が、東京で死んだと思って」

と、いった。

「そうなんですよ。早く、事件を解決して、東京で亡くなった方の本当の名前を、明らかにして頂きたいと、思いますわ」

と、母親も、いった。

「私たちも、彼女が、本当は、何者なのか、知りたいんです。それが、犯人逮捕につながるからですわ。でも、身元割り出しの唯一のヒントは、彼女が、東京のホテルで書いた宿泊カードしかないんです。それを、東京から、FAXで送って来たので、念のために、見て下さい」

と、早苗はいい、母娘に、それを見せた。

二人は、のぞき込むように見ていたが、

「確かに、うちの住所ですわね」

と、母親が、いった。

「この筆跡に見覚えは、ありませんか?」

と、早苗が、きいた。

「いいえ。ぜんぜん」

と、今度は、美矢子が答え、母親も、肯いた。

日下と、早苗は、念のために、被害者の写真を、近くの店の人たちにも、見せて、歩いた。

だが、どこでも、写真に対して、首を横に振るばかりだった。

日下と、早苗は、浅井美矢子の評判についても、聞き込みを行った。

ひょっとして、彼女が、嘘をついているかも知れないと、思ったからである。

美矢子は、高校を出たあと、岡山市内のK短大に入り、卒業後、一時、ＯＬをしていたが、二年前に、父親が亡くなってから、家の仕事を、手伝うようになった。

「自分で車を運転して、仕入れをやる、元気な明るい娘さんですよ」

と、多くの人が、賞めた。

日下と、早苗は、K短大の同窓生の何人かにも、会ってみた。

彼女を悪くいう者は、いなかった。彼女に、現在、つき合っている男性がいることもわかった。

彼女が、ＯＬとして働いていた市内の建設会社の社員だった。名前は、原田勇。二十七歳である。

日下と、早苗は、その会社の昼休みに、原田に会った。

中肉中背の平凡な感じの青年で、それだけに、信用できる感じでもあった。彼女が選びそうな感じの青年だということも、納得出来た。

「そのことは、彼女から聞きましたよ」

と、原田は、いい、

「変な事件で、気味が悪いって。だから、僕は、彼女にいったんですよ。君は、何も悪いことをしてないんだから、平気でいればいいってね」

その原田にも、日下たちは、被害者の写真を見せた。

「これが、浅井美矢子と名乗っていた女性ですか」

と、原田は、呟きながら、熱心に見ていた。

「見覚えは？」

と、日下が、きいた。

「いや、ぜんぜん」

「あなたの会社にいる人じゃありません？　或いは、前にいた人とか」

と、早苗がきいた。

「なぜですか？」

「この女性は、浅井美矢子さんを知っていて、彼女の名前を使った可能性が、強いんですよ。美観地区で聞いた限りでは、彼女を知っている人間は、いません。年齢が違うから、学校の同級ということは、ありませんわ。そうなると、残るのは、美矢子さんがＯＬ時代に勤めていた会社で、知っていたということしかないんですよ」

と、早苗は、いった。

「しかし、僕は、この女性を見たことは、ありませんよ。うちの会社で働いていた女性じゃありません。それは、間違いないですよ」

と、原田は、生まじめな顔で、いった。

多分、彼のいう通りだろうと、日下も、早苗も思った。嘘をついても、他の社員に聞けば、すぐわかることだからである。

「同じ名前の人って、いますよ」

と、原田は、いった。

「そりゃあ、浅井という人も、美矢子という女性も、沢山いると思いますよ。しかし、浅井美矢子と続くと、そんなに多くはいないと、思いますよ」

と、日下は、いった。

結局、被害者が、なぜ、浅井美矢子と名乗ったのか、わからないままに、終ってしまった。

5

東京の新聞は、「奇妙な事件」という形で、今回の事件の続報を伝えた。

事件の直後は、被害者を、倉敷市中央二丁目の浅井美矢子と、報じていたのだが、その後の奇妙な展開に合せて、当然、記事も、変っていったのだ。

〈なぜ、実在の女性の名前を使ったのか？〉

〈被害者は、いったい誰？〉

そんな見出しが、増えてきたのである。

司法解剖の結果によれば、死亡推定時刻は、四月七日の午後九時から十時の間であり、午後八時過ぎに、彼女に、男の声で、電話があったことが、確認された。

その男は、電話で、

「そちらに、倉敷の浅井美矢子さんが、泊っていると思うんですが」

と、いい、いると答えると、すぐつないでくれと、いった。

ホテル側が、「お名前は？」と、聞くと、男は、「小林です」と、答えている。

交換手が、一一〇八号室を呼び、

「小林さまから、電話が入っています」

と、伝えると、被害者は、待ちかねていたように、

「つないで頂戴」

と、いったという。

「被害者が受け取った手紙の差出人が、小林になっていたんだろうね」

と、十津川は、いった。

「そうでしょうね。被害者は一千万円貰えると思って、外出の支度をし、いそいそと、中庭へ出て行ったんだと思いますよ」

と、いった時、凶器と思われるナイフが、その中庭の池から見つかったという知らせが、入った。

間もなく、そのナイフが、捜査本部に、運ばれてきた。

刃渡り十五センチの折りたたみ式のナイフである。一万円前後で、金物店で売っているものだった。

池に沈んでいたために、血は、洗われてしまっていたが、それでも、かすかに残っていたルミノール反応から、その血は、被害者のものと同じB型とわかった。しかし、ナイフの柄から、指紋は、検出できなかった。

森下敬三の秘書の線は、引き続き、西本と清水の二人に、調べさせているのだが、これはという答は、見つからなかった。

森下には、秘書が一人いたが、二十九歳の女性だった。

名前は、青木かずみ。

「国立大で、フランス文学を勉強した才媛です」

と、西本が、報告した。

顔写真も、手に入れてきたが、美人である。

「結婚しているのか？」

と、亀井が、写真を見ながら、西本たちにきいた。

「いえ。まだ、独身です」

「男は、いないのか？」

「ボーイフレンドは、何人かいるようですが、特定の恋人といったものは、いないようです」

と、西本は、答えた。

「森下社長が亡くなったあと、彼女は、どうしているんだ？」

と、十津川が、きいた。

「彼女は、四年間、社長秘書として働いているわけですが、その功績に報いるということで、新しく出来る国際事業課の課長になるようです。彼女は、フランス語の他に、英語も堪能なので、適任だといわれています」

「そのくらいなら、森下社長の信任は厚かったわけだろう？」

「そうです」

「それなら、倉敷の浅井美矢子に、一千万渡してくれと、頼まれたかも知れないな」

と、十津川は、いった。

「しかし、青木かずみは、女性です」

と、清水が、いう。

「わかってる。彼女は、森下社長に、一千万円を、浅井美矢子に渡してくれと頼まれた。ただ、何か、事情があって、それを、ボーイフレンドの一人に、頼んだんじゃないか。ところが、この男が、一千万円に眼が眩（くら）んで、女を殺してしまった――」

「考えられないことじゃありませんが――」

「カメさん。二人で、彼女に会ってみようじゃないか」

と、十津川は、亀井に、声をかけた。

二人は、その夜、青木かずみの自宅マンションを、中野に訪ねた。

十一階建の九階に、彼女の部屋があった。

「青木」とだけ書かれた表札を確めてから、十津川は、ベルを押した。

写真よりも、少し老けてみえる青木かずみが、顔を出し、二人が、警察手帳を見せると、部屋に、招じ入れた。

「警察の方が、何のご用でしょうか？」

と、かずみは、改めて、きいた。

「森下社長の秘書をやっておられましたね」

と、十津川は、いった。

「ええ」

「社長に、信頼されておられたんでしょうね」

「そうだったら、よかったと思いますわ」

と、かずみは、いった。

「死ぬ前の社長に、何か、特別に頼まれたことは、ありませんでしたか？　内密にといってもいいんですが」

十津川が、きくと、かずみは、怪訝(けげん)そうに、眉をひそめて、

「どういうことでしょうか？」

と、きき返した。

「森下社長くらいになると、家族にもいえない秘密を、持っていたんじゃないかと思うんですよ。例えば、家族に内緒で、ある女性と、つき合っていたといったことです。死期を感じたとき、何とか、その女性に、まとまった金を与えたい。と、いって、家族には頼めない。そこで、秘書のあなたに、自分が死んだら、一千万円を、渡して欲しいと、頼んだと、いったことです」

「そんなこと、頼まれていませんわ」

「あなたが、否定したいのはわかるが、われわれは、本当のことを知りたいんだ」

と、亀井が、強い調子で、いった。

「本当のことを、申しあげていますわ」

と、かずみは、心外そうにいう。

「しかし、森下社長に、ひとりも女がいなかったわけじゃないでしょう？」

と、十津川は、きいた。

かずみは、一瞬、眼を閉じて、考えてしまった感じだったが、

「正直にいわなければ、いけませんの？」

と、きいた。

「これは、殺人事件ですからね」

「それなら、正直に、お話ししますわ。社長さんには、一人、いらっしゃいました」

「どういう人ですか？」

「赤坂の芸者さんです。友千代（ともちよ）という、きれいな方ですわ」

と、かずみは、いった。

「奥さんは、知っていたんでしょうか？」

「それは、わかりません。でも、顧問弁護士の白木（しらき）先生は、社長さんに頼まれて、毎月、百万くらい、友千代さんに、渡していた筈（はず）ですわ」

「いくつぐらいの人ですか？」

「確か、三十七歳か、八歳だと、聞いていますわ」

「その友千代さんの他に、女性は、いませんでしたか？」

と、十津川は、きいた。

「いなかったと思いますわ。私は、他に、知りませんから」

と、かずみは、いった。

十津川は、礼をいって、マンションを出た。が、明らかに、元気を失くしていた。

「どうも、壁にぶつかったね」

と、十津川は、パトカーに戻ったところで、亀井に、いった。

「彼女の話に、嘘はないと、思われたわけですか？」

「ああ。嘘をついている顔じゃなかったし、森下社長の彼女が、赤坂の芸者だったというのも、本当だと思うね」

「私が、これから、赤坂へ行って、友千代という芸者に会って、確認して来ましょう」

と、亀井が、いった。

6

日下と、早苗は、倉敷に来て、三日目の朝を迎えた。

東京の十津川の電話では、向うも、壁にぶつかってしまったらしい。

森下社長の女は、赤坂の友千代一人とわかったというのである。いくら調べても、浅井美矢子という名前は、出て来ないというのだ。

午前八時に、日下と、早苗は、一階のロビー横にある食堂に行き、朝食をとった。

日下は、箸を動かしながら、朝刊に、眼を通す。

「何か、事件のことが、出ている？」

と、早苗が、きいた。

「いや、全く、出ていないね。もう、忘れられちゃったんじゃないか」

日下は、小さく溜息をついた。

「私たちの捜査は、間違った方向に行ってるんじゃないかしら？」

と、早苗が、いった。

「どういうことだ？」

日下が、怒ったような声で、きく。

「それがわかればいいんだけど」

と、早苗が、いった時、ホテルのフロント係が、食堂に入って来て、二人の傍に来ると、

「県警の佐山刑事さんから電話が入っています」

と、告げた。

「おれが、聞いてくる」

と、日下が、飛び出して行った。
五、六分して、戻って来ると、日下は、眼を光らせて、
「すぐ、出かけるよ。浅井美矢子が、救急車で病院に運ばれたそうだ！」

と、叫ぶように、いった。

二人は、ホテルの前から、タクシーに、飛び乗った。

「R病院！」

と、日下が、大声で、いう。

「彼女は、どんな具合なの？」

と、早苗が、きく。

「はっきりしたことは、わからないんだ。病院に運ばれたのは、午前七時頃らしい」

「病気？　それとも、事故？　それとも、誰かに襲われたの？」

「佐山刑事の話では、自動車事故らしい」

と、日下は、いった。

R病院に着くと、佐山刑事が待ち受けていて、

「意識不明です」

と、告げた。

「いったい、何があったんですか？」

と、早苗が、きいた。

「今朝早く車が、高梁川の河原に転落しているのが、発見されましてね。中に、女性がいたので、すぐ、この病院に、運ばれたわけです。しかし、ずっと意識不明の状態が、続いていると、医者は、いっています」

「彼女が、運転を誤って、車ごと、転落したんでしょうか？　それとも、誰かに、落とされたんでしょうか？」

と、早苗は、きいた。

「今は、何ともいえません。今、うちの刑事が、現場で、調べているところです」

と、佐山は、いった。

「今、病室には？」

と、日下が、きいた。

「母親と、原田という恋人が飛んで来て、今、集中治療室の前で、がんばっていますよ」

と、佐山は、いった。

日下は、待合室の中を、落ち着かぬ恰好で、歩き廻った。

「まるで、熊ね」

と、早苗がいうと、日下は、立ち止って、

「彼女は、狙われたんだ」

と、いった。

「なぜ、そう思うの？」

「浅井美矢子のニセモノが、殺されたんだ。次は、ホンモノが狙われると、なぜ、考えなかったんだろう。不覚だったよ」

と、日下は、口惜しそうに、いった。

「まだ、狙われたと決まったわけじゃないわ」

「他には、考えられないよ」

と、日下は、いい張った。

パトカーに戻って、無線で連絡していた佐山が、日下たちのところへ帰って来て、

「どうやら、狙われたらしいということです」

と、いった。

「やっぱりですか」

「なぜ、そうだとわかったんですか？」

日下と、早苗が、きく。

「彼女の乗っていた車の側面に、激しくぶつけられた痕がついていたというのです。車を、ぶつけられて、転落したんじゃないかということです。今、鑑識が、ぶつけた車の色などを、特定する作業をしています」

と、佐山は、いった。

早苗は、公衆電話のところまで歩いて行き、テレカを使って、東京の十津川に電話をかけた。

「ホンモノの浅井美矢子が、狙われました。今、救急病院に運ばれましたが、意識不明の重態ですわ」

「犯人は？」

と、十津川が、きく。

「わかりませんが、車を運転していた彼女に、犯人は、車をぶつけて、車ごと、転落させたのです」

「時刻は？」

「まだ、わかりませんが、転落しているのが、見つかったのは、今朝の七時頃だと、いわれています」

「やられたな」

「はい。彼女に、べったりくっついていたら、よかったと思います」

「仕方がないさ。しかし、これで、事件は、新しい展開を見せたということだな」

「そう思います」

「君の考えを聞きたいな」

と、十津川は、いった。

「犯人の狙いは、あくまでも、美観地区に住む浅井美矢子だったということだと思います。犯人は、彼女のつもりで、間違えて、東京で、別の女を殺してしまった。それがわかったので、今回、ホンモノの浅井美矢子を、狙ったんじゃないでしょうか」

と、早苗は、いった。

「なるほどね。それで、殺人の動機は？」

「動機は、一千万円を、渡したくなくて——」

「だから、相手を狙ったというのかね？」

「他に、動機は、考えられませんが——」

「だがね。ホンモノの浅井美矢子は、自分に、一千万円が、贈られることは、知らなかったんだろう？」

と、十津川が、きく。

「別に質問はしませんでしたが、そんな話は、全く出ませんでした。彼女からも、母親からも」

「じゃあ、一千万円を、彼女は、知らなかったということだろう？」

「はい」

「それなら、犯人は、美矢子を殺す必要はなかったんじゃないのか？　いや、彼女だけじゃない。ニセモノの浅井美矢子だってだよ。森下敬三に、生前、頼まれていても、相手が、それを知らなくて、しかも、森下が、亡くなってしまえば、黙って、一千万円を、猫ババしてしまえばいいんだ」

「しかし、頼まれていたわけですから、義務から――」

と、早苗がいうと、十津川は、電話の向うで、笑った。

「そんな義務感のある人間が、相手を殺したりするかね？　それより、黙って、猫ババするんじゃないのかね？」

「そういえば、そうですが――」

「だから、問題は、動機なんだよ」

と、十津川は、いった。

早苗は、電話を切ると、日下のところに戻った。

「今、警部に、報告して来たわ」

と、早苗は、日下にいい、十津川のいった動機の問題も、口にした。

「そうだな。確かに、浅井美矢子が狙われた動機が、問題だな」

「ニセの浅井美矢子は、亡くなった森下敬三が、生前、倉敷で親切にされたお礼に、一千万円贈ると遺言していたので、それを渡したいという手紙に誘われて、四谷のNホテルに泊り、殺されたんだったわ」

「だが、東京の調べでも、森下敬三は、そんな遺言状は、書いてないと、わかった」

「ええ」

「とすると、嘘の手紙で、おびき出されたことになる」

「ええ」

「そして、犯人が、おびき出したかったのは、本当は、今度、狙われた浅井美矢子だった」

「ええ」

「それに気付いた犯人は、改めて、この倉敷にやって来て、彼女を、殺そうとした」

「ええ。それで、動機は？」

と、早苗が、きいた。

「君は、わかってるのか？」

「警部にもいわれたんだけど、まだ、わからないわ。どうも、一千万円の猫ババ説は、間違いみたいね」

と、早苗は、いった。

「だが、ニセの浅井美矢子は、その話につられて、のこのこと、四谷のNホテルにやって来て、殺されたんだ」

「ええ。だから、彼女も、この倉敷の人間だと思うの。倉敷は、観光都市で、毎日、観光客が、あふれてるわ。この街の人なら、一回か二回は、観光客に、親切にした経験があるんじゃないかしら。だから、東京の金持ちの老人が、倉敷で親切にされたお礼に一千万円を、贈ると遺言したといわれると、それを信用してしまうんじゃないかしら。おびき寄せる方法としては、なかなか、うまい手だと思うわ」

と、早苗は、いった。

「しかし、ニセの浅井美矢子は、貰った手紙を、コピーしていたんだ。ということは、彼女は、一千万の話につられながら、心のどこかで、何となくうさん臭い話と、思っていたんだろうな」

と、日下は、いった。

「ずっと、おかしいと、思っていたことがあるんだけど」

早苗が、考えながら、いった。

「何だい？」

「ホンモノの浅井美矢子と、ニセモノと、似ていると思う？」

と、早苗が、きいた。

「いや、似ているとは思わないよ」

と、日下は、あっさりと、いった。

「そうでしょう」

「顔立ちも違うし、年齢も、二十代と、三十代で違っている。この二人を、間違える人間がいるとは思えないね」

「でも、今度の犯人は、間違えたわ。なぜかしら？」

と、早苗が、自問する調子で、きいた。

「犯人は、名前は、知っていたが、顔は、知らなかったということじゃないかな」

と、日下は、いった。

「そんな女性を、なぜ、殺そうと考えたのかしら？」

「だから、警部のいう通り、問題は、動機なんだよ」

と、日下は、いった。

浅井美矢子の意識不明は、いぜんとして、続いている。

日下と、早苗は、佐山刑事のパトカーで、現場に、連れて行って貰うことにした。

場所は、倉敷市街と、新倉敷駅の中間を流れる高梁川の河原だった。

そこに、白い軽のライトバンが、腹を見せて、転がっていた。

鑑識が、まだ調査を続けている。

運転席をのぞき込むと、シートに、血が滲んでいるのが見えた。

フロントガラスに、ひびが入り、ドアが、ひん曲っていたが、ドアの方は、浅井美矢子を引っ張り出すために、こじ開けたらしい。

車体の側面には、「浅井民芸店」と、書き込んであった。

佐山が、鑑識課員に、

「相手の車は、特定できましたか？」

と、きいた。

「そうねえ。向うさんの車の色は、茶色だね。それに、普通の乗用車より、車高の高い車だと思うね」

と、相手は、いった。

「トラックということ？」

「かも知れないし、今はやりの四駆というやつかも知れないな」

と、相手は、いった。

土手の上の道路には、タイヤを強くこすりつけた痕がついていた。

これは、その幅から考えて、転落した軽ライトバンのタイヤ痕だろう。

「きっと、相手から突き落とされそうになって、必死にブレーキを踏んだんだわ」

と、早苗は、いった。

「だが、ずるずると、押し出されるようにして、河原に、転落したんだな」

と、日下が、いう。

「とすると、相手の車は、かなり馬力のある大型の車ね」

「といっても、この道路は、あまり広くないから、大型のトラックということはないな」

と、日下は、決めつけるように、いった。

その日の中に、問題の車が、新倉敷駅近くで、発見された。予想された通り、車は、茶色の四輪駆動車の三菱パジェロだった。

車のフロントと、横腹に、激しく、何かに、ぶつかった痕跡があった。白い塗料も、こびりついていて、浅井美矢子の軽ライトバンを、河原に突き落した車と、断定された。

この車の所有者は、岡山市内の三十五歳のグラフィックデザイナーで、昨日の朝、事務所の前にとめておいたのを、盗まれたと、証言した。

その日の昼には、警察に、盗難届が出されていたし、この持主と、浅井美矢子には、全く、関係がなかったので、容疑者から、除外された。

犯人が、昨日の朝、この三菱パジェロを盗み、それを使って、昨夜、浅井美矢子の軽ライトバンを、高梁川の河原に、突き落したと、判断された。

鑑識が、車内から、指紋の採取に努めたが、これはと、思われる指紋は、見つからなかった。

ハンドルには、指紋が、見つからず、犯人は、手袋をはめて、車を運転したと、思われたからである。

もちろん、車内も、詳しく、調べられた。犯人の遺留品があるかも知れないと、思われたからである。

運転席には、何も見つからなかった。が、助手席の床の隅から、ワイシャツのカフスボタンが発見された。

家紋を彫ったカフスボタンである。

家紋は、下り藤(さがりふじ)だった。

岡山県警は、このカフスボタンを、車の持主のグラフィックデザイナーに見せたが、自分のものではないということで、犯人のものと、断定した。

盗んだパジェロを、浅井美矢子の軽ライトバンにぶつけて、高梁川の河原に、突き落した時、パジェロの方も、相当、衝撃を受けただろうし、運転していた犯人も、必死だったろう。それで、ワイシャツのカフスボタンが、取れてしまったことに、気付かなかったに違いない。

日下と、早苗は、R病院で、県警の佐山と、浅井美矢子の母親に、事情を聞くことにした。

昨夜、なぜ、高梁川附近を、走っていたかを知りたかったからである。

それに対する母親の答は、次のようなものだった。

店で売る民芸品の多くは、新幹線の新倉敷駅の近くにある店から仕入れることになっている。毎月九日、店が閉まってから、美矢子が、軽ライトバンを運転して出かける。

昨日も、店が閉ってから、彼女が、車で、出かけた。出かけたのは、午後七時で、周囲は、すでに、暗くなっていた。

ところが、なかなか帰って来ないので、心配になり、新倉敷の店に電話をかけたが、まだ来ていないという返事があった。それで、もう少し待って、もう一度、電話したが、向うでは、そろそろ、店を閉めるのだが、まだ、浅井さんが着かないので、困っているといわれ、母親は、警察に電話した。てっきり、事故を起こしたと、思ったからである。

倉敷警察署は、パトカーを二台出して、倉敷から、新倉敷への道路沿いを、調べたが、なかなか、見つからず、夜が明けてから、高梁川の河原に転落している軽ライトバンを、発見したのである。

パトカーが、なかなか、見つけられなかったのは、夜になっていたことと、転落していたのが、倉敷—新倉敷を結ぶ道路から、少し、外れた場所だったからである。

「多分、犯人のパジェロに追いかけられて、脇道に逃げ込み、そこで、突き落とされたんだと思うわ」

と、早苗は、いった。

「犯人は、なぜ、彼女が、昨日の夕方、仕入れに、新倉敷へ行くのを、知っていたんだろう？」

と、日下は、首をかしげた。

美観地区で、店を出している人たちなら、知っていても不思議はないが、犯人が、美観地区の人間とは、思えない。

それで、美矢子の母親に、何か、それについて、電話などで聞いて来た人間がいなかったかを、聞いてみた。

母親は、しばらく考えていたが、

「そういえば、一昨日（おととい）の午後ですけど、男の方が、電話して来て、新しく、品物が入って来るのは、いつなのって、お聞きになりました」

「それで、何と答えたんですか？」

と、早苗が、きいた。

「明日九日に、新倉敷に、仕入れに行きますので、十日には、新しい民芸品が、ございますと、お答えしましたわ」

「その電話の男が、他に、何か、聞いていましたか？」

「九日には、買えないのかと、お聞きになるので、店が閉ってから、娘が、車で行きますので、明後日でないと、お客さまに、お売りできません。申しわけございませんと、申しあげました」

と、美矢子の母親は、いう。

「他には？」

と、日下が、きいた。

「車は、お母さんが、運転することもあるんですかと、お聞きになりましたわ。私は、免許を持ってないので、いつも、娘が運転するんですと、お答えいたしましたけど」

と、母親は、いった。

日下は、何気なく、その言葉を聞き流したが、早苗は、眉を寄せて、

「ちょっと、おかしいわね」

と、呟いた。

「何が、おかしいんだ？」

と、日下が、きく。

「お母さんは、明日九日に、娘が、車で、新倉敷に、仕入れに行くと、答えたんでしょう。それなのに、相手は、車は、お母さんが運転することもあるんですかと、わざわざ、聞いている。そこが、おかしいと思うのよ」

「どこが？」

「その電話は、犯人が、掛けて来たんだと思うの」

「その点は、同感だがね」

「お母さんが、九日に、車で新倉敷に仕入れに行きますと、答えたのなら、誰が運転して行くのかと、聞いて当然だわ。今度こそ、間違えずに、浅井美矢子を殺さなければならないと、考えているでしょうからね。でも、お母さんは、娘が、車を運転して行くと、答えているのよ。それなのに、わざわざ、お母さんが、運転する時もあるのかと、聞いている。なぜなのかと、思うのよ」

「それは、九日当日になって、急に、母親が運転することになったら、困ると思ったからだろう。また、間違えて、母親の方を殺してしまったら、どうしようもないからじゃないか」

と、日下は、いった。

「そうかしら？」

「他に、何かあると、思うのか？」

と、日下が、きいた。

「別の日のことを、聞いているような気がしたの」

と、早苗は、いった。

日下は、変な顔をして、

「しかし、犯人にとって、大事なのは、いつ、浅井美矢子が、車で出かけるかだった筈だよ。九日に、新倉敷に、仕入れに行くと知って、殺すチャンスだと思い、九日の朝、岡山市内で、茶色のパジェロを盗み出し、倉敷から、新倉敷へ行く道路上で、待ち伏せしたんだ。これは、間違いないだろう？」

「ええ」

「それなら、犯人にとって、大事なのは、九日なんだ。それ以外の日は、何の意味もない。犯人は、九日に、賭けたんだ。だからこそ、念を入れて、母親が、車を運転することはないのか聞いたのさ。急に、母親が運転してしまったのでは、全てが、ぶちこわしになるからね」

「そうかも知れないけど――」

早苗は、まだ、納得できないといった表情だった。

日下は、笑って、

「九日以外のことを聞いたんだとしたら、いつのことを聞いたと思うんだ？」

「それが、わからなくて、困っているのよ」

と、早苗は、いらだたしげに、いった。

7

倉敷で、浅井美矢子が狙われ、意識不明の重体だという知らせは、十津川にとっても、ショックだった。

いや、ショックというより、後悔したのは、防ごうと思えば、防げたのではないかという思いが、あったからである。

「犯人は、何処の人間だと思いますか？　東京？　それとも、倉敷、どちらと？」

と、亀井が、きいた。

「東京の人間だと、私は、思うね」

と、十津川は、いった。

「なぜですか？」

と、若い、西本が、きいた。

「最初に、ニセモノの浅井美矢子を、倉敷から、わざわざ、東京へ呼びつけて、殺しているからだよ」

と、十津川は、いった。

「彼女を、なぜ、倉敷の人間だと、思われるんですか？」

「問題の手紙で、やって来ているからだよ。なぜ、その手紙が、ホンモノの浅井美矢子ではなく、ニセモノの手に入ったかはわからないがね」

「犯人が、倉敷の人間で、それを知られるのを恐れて、わざわざ、相手を東京に呼び出し、東京で、殺したということは、考えられませんか？」

と、西本が、きいた。

「それなら、手紙を持たしたまま、殺しておくよ。それなら、一層、犯人は、東京の人間と、思わせられるじゃないか。だが、犯人は、その手紙を回収して消えたんだ。つまり、東京の人間だという証拠だと、私は、思っている」

「しかし、警部。今度は、倉敷へ行って、殺していますよ。いや、殺そうとしましたよ」

「わかっている」

「どう解釈されますか？」

「最初の殺人のとき、犯人は、どうしても、東京を離れられなかった。それならというので魅力的な手紙で、倉敷から東京に呼びつけて、殺したんだ。だが、人違いをしてしまった。そこで、今回は、間違わぬようにと、自分から倉敷に出かけて行って、浅井美矢子を狙ったんだと思うね」

と、十津川は、いった。

「しかし、犯人が、どこの誰か、全く、見当がつきませんが――」

「それで、岡山県警に頼んで、犯人が落したと思われるカフスボタンを、送って貰うことにしたよ。何か、わかるんじゃないかと、期待しているんだよ」

と、十津川は、いった。

そのカフスボタンを持って、北条早苗が、翌日、倉敷から戻って来た。郵便で送るよりも、早く、安全に着くと、思ったからだろう。

十津川は、そのカフスボタンを持って、亀井と、赤坂の有名な貴金属店を訪ね、店長に、鑑定して貰った。

店長は、じっくりと、カフスボタンを調べていたが、

「これは、いいものです。黒の基盤は、オニキスで、藤の花は、十八金です。何よりも、細工が素晴しい。特別に注文して、作らせたものでしょう」

と、いった。

「どの店で作らせたものか、わかりますか？」

と、十津川は、きいた。

「わかりますよ。これだけのものを作れる店は、そう多くはありませんからね。うちにも、作れる職人がいますが、残念ながら、うちで作ったものじゃありません」

と、店長はいい、二つの店を、教えてくれた。

銀座のSと、新宿のMである。十津川と、亀井は、パトカーで、この二店を廻ることにした。銀座のSでは、覚えがないといわれたが、新宿のMでは、店長が、あっさりと、

「これなら、私どもで、お作りしたものですよ」

と、いった。

「注文した人間は、わかりますか？」

と、十津川が、きいた。

「もちろん、わかりますよ」

と、店長は、いい、顧客名簿を取り出して見ていたが、

「ああ、この方ですね」

と、そのページを示した。

〈杉並区浜田山×丁目　　　古川麗子〉

　と、住所と名前が書かれ、注文した下り藤のカフスボタンの注文日と、引渡日が、記入されていた。

「女性ですね」

　と、十津川が、いうと、店長は、

「ええ。男の方に、贈られると、お聞きしましたよ」

「どんな女性ですか？」

「会社の社長さんですよ。まだ、四十五、六歳だと思いますが、ご主人が、急に亡くなられたので、急に、社長になられたんですよ。若々しくて、美しい方ですよ」

　と、店長は、いった。

「これを贈られた男の名前は、わかりませんか？」

「そこまでは――」

　と、店長は、苦笑した。

「ところで、このカフスボタンは、いくらぐらいするものですか？」

　と、亀井が、きいた。

「二つで、百万です」

「そんなに高いんですか」

と、亀井が驚くと、店長は、意外そうな顔になって、

「これだけの細工ですよ。私どもとしては、お得意様なので、ずいぶん、サービスさせて頂いたつもりですが」

と、いった。

十津川と、亀井は、古川麗子という女社長について、調べることにした。

麗子は、三十二歳まで、女優をやっていて、そのあと、化粧品メーカーの社長と結婚した。

その時、社長の古川は、五十四歳。二十二歳違う結婚ということと、麗子が女優だったことで、テレビ、週刊誌に取りあげられている。

八年後、彼女が四十歳の時、夫が急死し、P化粧品の女社長になった。

その後、五年たち、麗子は、現在、四十五歳である。事業は、順調で、今年一月の週刊誌が、「日本の女社長十人」の中に、取りあげている。

その記事の中に、「女優時代に比べて、体型も、貫禄がついたが、それでも、十分に魅力的である」と、あった。

だが、十津川たちが知りたいのは、彼女が、百万円で作ったカフスボタンを、誕生日に贈った相手だった。

刑事を動員して、聞き込みを続けた結果、一人の男が、浮び上って来た。

フリーの写真家の久保圭介（くぼけいすけ）という男だった。

年齢は、三十五歳。古川麗子との関係は、彼女のP化粧品の宣伝ポスターの写真を、彼が、撮っているというものだった。

それで、関係が、出来たのだろう。いや、関係があったから、社長の麗子が、久保に、宣伝ポスターを、依頼するようになったのかも知れない。

社内で、二人の関係を喋（しゃべ）ることは、タブーになっているようだったが、業界紙の記者に聞くと、笑いながら、

「社長と、久保のことは、誰知らぬもののない仲でね。まあ、久保は、ハンサムで、女に優しいから、女社長は、そこに惚れたんだと思いますね」

と、いった。

「久保は、どんな男ですか？」

と、十津川は、その記者に、きいてみた。

「きれいな写真は撮るけど、さほど、才能があるようには思えませんね。決まった仕

事だって、P化粧品のものしかないんじゃないかな」

「じゃあ、P化粧品は、大事なお得意というわけですね？」

「P化粧品がというより、女社長がね」

と、いって、記者は、また、笑った。

久保は、四月二日から、新宿の都庁ビルをバックにした、新しいP化粧品の宣伝写真を撮っていることが、わかった。

「いい情報ですよ。これなら、東京から動けなかったわけで、倉敷の女を殺そうとすれば、東京に呼び出さなければなりませんからね」

と、亀井は、十津川に、いった。

「問題は、久保と、倉敷の関係だな」

と、十津川は、いった。

捜査は、その点に、絞られた。

久保は、三月二十七日から、四月一日まで、仕事をしていないことが、わかった。

が、その間、独身の彼が、どうしていたかが、わからない。

久保は、四谷三丁目のマンションに住み、新車のジャガー・クーペを、持っていた。

どうやら、このクーペも、古川麗子が買い与えたものだという噂(うわさ)がある。

この白のクーペが、三月二十七日から、四月一日まで、駐車場に見当らなかったという証言を、西本たちが、つかんできた。

どうやら、久保は、新車のジャガー・クーペで、旅行に出ていたらしい。

続いて、久保の友人で、同じ写真家の一人が、三月二十八日に、京都から、電話を貰ったことを、証言した。

一方、古川麗子についての聞き込みから、彼女が、三月二十九日に、岡山にあるP化粧品の専門店に出かけたことが、わかった。

女性秘書が一緒だったが、彼女は、その日の中に、ひとりで、帰京している。

麗子は、ひとりで、岡山に残ったのだが、専門店に顔を出したのは、二十九日だけである。

そして、麗子が、P化粧品本社に、顔を出したのは、四月一日だった。

三月三十日と、三十一日は、何処にいたのか、不明なのだ。

十津川は、賭ける思いで、倉敷にいる日下に、倉敷周辺のホテル、旅館に、当らせた。

すぐ、十津川の賭けが、当っていることが、わかった。

三月二十九日と三十日の二日間、麗子が、白井ひろみの偽名で、倉敷市内のDホテルに、泊っていたことが、わかった。

彼女は、そのホテルの最上級のスイートルームに、泊っている。広いリビングルームと、ツインのベッドルーム、それに、和室といった部屋である。

明らかに、誰かと一緒に泊ることを、考えてのものだと、十津川は、判断した。

しかも、二十八日には、久保が、京都に旅行している。

「臭って来ましたね」

と、亀井が、いった。

「ああ、臭って来たよ。彼女は、倉敷のホテルから、京都に来ている久保を、呼んだんだろう。彼は、彼女に買って貰ったジャガーで、倉敷に、飛んで行ったと思うね。それを、確かめたい」

と、十津川は、いい、すぐ、西本と、北条早苗の二人を、京都に、走らせた。

京都に着いた二人が、調べた結果、久保の動きが、わかった。

久保は、三月二十七日に、京都東山のTホテルにチェック・インしていた。

東京から、ジャガー・クーペを、飛ばして来たのだ。

彼は、毎日、その車で、市内を走り廻って、春の京都の写真を、撮って廻った。

二十九日の午後、外から、久保に、電話がかかった。

「中年の女性の声でした」

と、Tホテルの従業員が、証言した。

そのあと、久保は、急に、チェック・アウトの手続きを取り、ジャガーで、出て行った。時刻は、午後六時三十分。

ホテルは、行先は、おっしゃいませんでしたといったが、十津川には、わかっていた。

夜の道を、車を飛ばして、久保は、倉敷にいる古川麗子に、会いに、出かけたのだ。いや、パトロンに呼ばれて、飛んで行ったというべきか。

「久保が、倉敷に着いたのは、暗くなってからですね」

と、亀井が地図を見ながら、いう。

「京都と、倉敷の距離は、二百三十から四十キロといったところだな」

「ジャガーを飛ばして、四時間くらいですかね」

「午後六時三十分に、京都のホテルを出ているから、四時間として、午後十時から、十一時の間頃に、倉敷に着いたということかな」

「夜おそくですね。大変だ」

「大事なパトロンに呼ばれたんだ。夜おそくでも、飛ばして行くよ」

と、十津川は、笑った。

8

十津川は、倉敷に残っている日下に、電話をかけた。

「君に至急調べて貰いたいことがある」

「どんなことでしょうか？」

「三月二十九日の夜、時間は、午後十時から十一時頃だと思うんだが、倉敷で、何か事件が起きていないかどうかだ」

と、十津川は、いった。

「警部は、どんな事件と、思われるんですか？」

「わからない。が、多分、自動車事故だろう」

と、十津川は、いった。

一時間ほどして、日下から、電話が、入った。

「警部のいわれた時間帯ですが、倉敷市内で二件、郊外で一件、事件が、起きていました」

と、日下は、いった。

「それを、話してくれ」

「まず、市内のバーで、酔った客が、ホステスに絡み、止めようとしたバーテンを、果物ナイフで刺し、一カ月の重傷を負わせ、逮捕されています。もう一件は、市内のマンションに、泥棒が入り、帰宅したＯＬを殴って、逃げています。その犯人は、まだ、逮捕されていません」

「もう一件は？」

「岡山から倉敷へ向う道路上で、自転車に乗っていた六十五歳の男が、車にはねられて、死んでいます」

「それで、犯人は、捕ったのかね？」

と、十津川は、きいた。

「まだ、捕っていません。県警の鑑識が調べたところでは、はねた車は、白色で、外車らしいということです」

と、日下は、いった。

「それ以外には、何もわからないのか？」

「わかりません。その時刻に、近くに、他に車が一台いたんじゃないかという話もあるんですが、確認されていません。つまり、今のところは、目撃者がゼロということらしくて、犯人が、見つからんのです」

「犯人なら、わかっているよ」

「え？」

「君は、もう、東京に戻って来たまえ」

と、十津川は、いった。

十津川が、電話を切ると、傍にいた亀井が、

「犯人ならわかっているというのは、どういうことですか？」

と、きいた。

「今回の事件のストーリイが、読めたということだよ」

と、十津川は、笑顔で、いった。

「私には、よくわかりませんが――」

と、亀井が、いい、他の刑事たちも、十津川を見つめている。

十津川は、黒板の前に立って、刑事たちに、説明した。

「三月二十九日に、女社長の古川麗子は、岡山のＰ化粧品の専門店に行き、その日、倉敷のホテルに泊った。しかも、秘書は、帰京させてだ。そして、彼女は、京都に来

ていた久保に、電話をかけ、すぐ、来いといった。大切なパトロンの命令だ。久保は、彼女に買ってもらったジャガー・クーペで、倉敷に向った。飛ばしに飛ばし、夜の十時過ぎに、倉敷に近づいた。四時間も、走らせて、疲れていたんだと思うね。彼は、前を走る自転車をよけられずに、はねてしまった。乗っていた六十五歳の男は、死んだ。久保は、逃げた。もし、車ではねたことを、古川麗子が知ったら、縁を切られてしまうだろうし、その麗子が、ホテルで、自分を、待っていたからだ。彼は、警察にも知らせず、救急車も呼ばず、Dホテルに向い、麗子と会った。きっと、二人は、スイートルームで、愛を確め合ったんだろう。ところで、この事故の時、近くに、他の車がいたという噂がある。その車は、多分——」

「浅井美矢子の車——ですね？」

と、亀井が、いう。

「そうだ。彼女の車だ。彼女は、前を走っていたので、その事故に気付かなかったのだ、と思うね。しかし、事故を起こした久保にしてみたら、その車のことが、気になって仕方がなかったんだろうと、思うね。彼女のライトバンが、前を走っていたとすれば、久保の方からは、よく見えただろうからだ。白いライトバンで、運転していたのは女で、その次に、車のナンバーか、車体に書かれていた『浅井民芸店』の字を、久保は、見ていたんだろうと思う。久保は、東京に帰ると、この軽ライトバンの女を、何とかしなければならないと、思った」

「しかし、久保は、四月二日から、東京で、ポスター作りに入って、東京を離れられなかったんでしたね」

と、西本が、いう。

「そうだよ。そこで、久保は、相手を、東京に呼び出して、殺すことを、考えたんだ。久保は、まず、軽ライトバンのナンバーか、浅井民芸店の名前から、電話番号を割り出した。これは、一〇四を使えば、簡単だ。ただ、母親の名前になっているだろうから、娘の名前を聞き出す。倉敷の民芸店なら、観光客が、沢山行くだろう。それを考えて、甘い手紙を、書いた」

「金持ちの老人が死んで、その老人が、倉敷に旅行したとき、あなたに親切にされた。それで、あなたに、一千万円のお金を残したから受け取りに来てくれという手紙ですね」

と、西本が、いった。

「そうだったんだわ」

と、突然、早苗が、大声を出した。十津川が、びっくりして、

「何が、そうだったんだ？」

「九日に、浅井美矢子が、犯人に、車ごと、高梁川の河原に、突き落とされた件ですわ。前日、男が、浅井民芸店に電話して来て、彼女の母親に、九日に、新倉敷に仕入れに行くことを、確めてるんです。その時、母親は、娘が、車で行くといっているのに、電話の男は、お母さんが、車を運転することはないのかと、聞いているんです」

「そうだったね」

「それを、おかしいと、思っていたんですけど、男は、三月二十九日のことを、知りたかったんです。その日に、車を運転していたのは、母親なのか、娘なのかをですわ。母親が、私は、免許を持っていないと答えたので、安心したんだと思いますわ。娘の美矢子の方を殺せばいいと、わかったわけですから」

と、早苗は、いった。

「久保にしてみたら、二回目もミスするわけにはいかないから、確認したんだろう」

と、十津川は、いった。

「森下敬三は、どう関係してくるんですか？」

と、清水が、きく。

十津川は、苦笑して、

「あの名前には、ずいぶん、引きずり廻されたねえ」

と、いったあと、

「あれは、最近亡くなった資産家なら、誰でも、よかったんだよ。久保は、誘い出しの手紙に、リアリティを持たせるために、実在の人間の名前を使ったんだ。多分、二、三週間前の新聞を見て、そこにのっている死亡記事から、金持ちと思われる名前を、選んだんだと思うね。だから、たまたま、二週間前に、死亡した森下興業の社長の森下敬三の名前が、利用されたんだと、私は、思うね」

「われわれは、それを知らずに、森下敬三の遺族や、秘書なんかを、必死になって、追いかけていたわけですか?」

西本が、腹立たしげに、いった。

「そうだよ」

「畜生!」

と、西本が、声をあげた。

「しかし、警部」

と、亀井が、考えながら、十津川を見て、

「久保が、それだけ、慎重に計画を立てて、誘い出したのに、なぜ、ホンモノの浅井美矢子じゃなく、ニセモノが、来てしまったんでしょうか？　しかも、久保は、そのニセモノを、殺してしまっている——」

「それを、本人に、聞きに行こうじゃないか」

と、十津川は、いった。

9

十津川は、亀井と、四谷三丁目にある久保のマンションに出かけた。

豪華マンションの六階にあがると、六〇一号室に、「久保スタジオ」の看板が出ていた。

どうやら、六〇一と、六〇二号室をつなげて、写真スタジオとして、使っているようだった。

午前十時頃に出かけたのだが、久保は、昨日は、徹夜で仕事をしたとかで、ナイトガウン姿で、現われた。

若々しく、スレンダーな身体つきで、それを誇示している感じの男だった。

「僕は、警察のご厄介になるようなことはしていない積りですがね」

と、久保は、二人に向って、いった。

「こちらは、用があって、会いに来たんですよ」

と、十津川は、いった。

「まあ、入って下さい」

と、久保は、余裕を見せて、微笑した。

真っ白な壁に囲まれた部屋だった。壁が白いのは、写真を撮るとき、どんな背景にも出来るからだろう。

「僕は、どんな風に、警察に疑われているんですか？」

と、久保は、笑いながら、きいた。

「殺人容疑だよ。正確にいえば、殺人と、殺人未遂だ」

と、亀井が、いった。

「殺人？　何のことかわかりませんが」

と、久保は、肩をすくめる。

十津川は、黙って、持参したノートを広げて、久保の前に置いた。

「何ですか？」

と、久保が、きく。

十津川は、サインペンを、傍に置いて、

「そこに、こちらでいう字を書いて欲しいんですよ。いいですか。倉敷市中央二丁目×番地、浅井美矢子とです」

「なぜ、僕が、そんなことを、書かなければならないんですか？」

久保の声が、大きくなった。

それを、亀井が、睨みすえるようにして、

「この女が、殺されて、あんたが、容疑者になっているんだよ。書くのが怖いのか？　書けないのなら、あんたが、犯人と、われわれは、断定する」

と、いった。

「そんな無茶なことが、許されるんですか？」

「無実なら、書けるだろうが」

「別に、怖くはありませんよ」

と、久保は、いった。

「それなら、書き給え」

と、十津川は、いった。

久保は、平然とした顔で、サインペンを取りあげて、ノートに、十津川のいった通りの文字を書いた。

自分の書いた手紙は、相手を殺してから、取りあげているから、安心しているのだろう。それに、被害者の持っていたコピーのことは、十津川は、発表していなかった。

十津川は、久保の書いた文字を、じっと、見た。

（あのコピーの文字に似ているな）

と、まず、思った。が、それ以上に、興味を持ったのは、中央二丁目の「二」の書き方だった。

上の棒と、下の棒が、くっついてしまって、よく見ないと、「二」ではなく「一」のように見えるのだ。太い一にである。

「カメさん。これだよ」

と、十津川は、亀井に、いった。

亀井も、それに気付いて、

「なるほど」

と、肯いた。

「何を、内緒話をしているんですか？　不愉快だな」

久保が、十津川と、亀井を、睨む。

「いや、厄介なことを頼んで申しわけありませんでした。これで、失礼します」

と、十津川は、笑顔で、いった。

「僕の疑いは、晴れたんですか？」

「もちろん、晴れましたよ」

と、十津川は、いい、亀井を促して、部屋を出た。

下へおりるエレベーターの中で、亀井が、

「久保の奴、逃げませんかね？」

「逃げるものか。仕事もくれるし、ジャガーも買ってくれるパトロンから、離れられる筈がないよ」

と、十津川は、いった。

捜査本部の置かれた四谷署に戻ると、日下が、倉敷から、帰っていた。

「もう一日、君には、倉敷にいて貰いたかったな」

と、十津川は、残念そうにいった。が、帰らせたのは、十津川自身である。

仕方がない。岡山県警の佐山刑事に、電話で、頼むことにした。

「倉敷には、中央二丁目の他に、中央一丁目が、ありますね？」

と、十津川は、電話に出た佐山に、きいた。

「中央一丁目と、二丁目がありますが」

と、佐山は、いう。

「では、中央一丁目の、例の浅井民芸店と同じ×番地に、どんな人間が住んでいるか、調べて下さい」

と、十津川は、いった。

佐山に、それを頼んでおいてから、十津川は、久保が書いた文字を、科研に送って、例のコピーの文字と比べて、筆跡鑑定をして貰うことにした。

佐山は、三時間ほどして、電話をかけて来た。彼は、弾んだ声で、

「面白いことがわかりましたよ。中央一丁目の同じ番地にあったのは、会社の寮でした。女子従業員の寮です。十二、三人が、そこに、寝泊りしているんですが、たまたま、その中に、浅井という女性が、いたんです」

「浅井美矢子ですか？」

「いや、浅井義子で、三十二歳です。念のためにと、彼女が、その手紙を読んだらしいんですが、そのあと、彼女は、急に、これは、自分のところに来たものだと主張し、四月七日に、東京へ行ってくるといって、出かけながら、今になっても、帰って来ないそうです」

「やっぱり、そうですか」

と、十津川は、肯いた。

「その浅井義子の写真を、ＦＡＸで、送ります」

と、佐山は、いった。

間もなく、ＦＡＸで、白黒の大きな顔写真が、送られてきた。

「同じ女ですよ」

と、亀井が、その写真を見て、いった。

「一千万円につられて、浅井美矢子になりすまして、東京に、やって来たんだな」

と、十津川は、いった。

「殺されるためにですよ。彼女が、一番損したんじゃありませんか」

と、亀井は、いった。

「浅井美矢子が、死んでしまったら、彼女が一番、損をしたことになりますわ」

と、早苗が、口を挟んだ。

十津川は、倉敷のＲ病院に電話をかけて、浅井美矢子の容態を聞いてみた。が、いぜんとして、集中治療室に入ったままで、意識は、戻っていないということだった。

翌日になると、科研から、筆跡鑑定の結果が、報告されてきた。

同一人の筆跡と考えられるというものだった。

十津川は、その結果を、岡山県警にも、知らせ、久保の顔写真も、送った。

県警は、三月二十九日から、三十一日にかけて、久保が、倉敷のDホテルで、目撃されていないかを調べ、また、四月九日に、久保が、倉敷から、新倉敷にかけてのどこかで、目撃されていないかも、調べる筈だった。

その結果は、二日して、FAXで、送られてきた。

〈まず、三月二十九日について、お知らせします。この日の午後十一時頃、Dホテルに、白のジャガー・クーペに乗った若い男が、着いたことを、ホテルの駐車場係が、証言しました。駐車場係は、車のフロントに、引っかいたような傷があったが、まさか、事故を起こしたとは思わず、警察には、報告しなかったと、いっています。車に乗って来た若い男は、フロントで、スイートルームの泊り客のことを聞いてから、エレベーターに乗って、最上階にあがって行ったといいます。泊り客の女性と、男は、三十一日に、チェック・アウトしていますが、フロントも、ルームサービスの女性も、男が、写真の男、久保と、確認しました。

次は、四月九日の件であります。

浅井美矢子を、車ごと、高梁川に突き落とした犯人は、三菱パジェロを、新倉敷駅近くに乗り捨てています。その時刻は、午後十一時頃だったと考えました。この時刻では、もう、山陽新幹線の、新倉敷発の下りの列車は、ありません。上りは、二三時二六分発が、一本だけありますが、これは、岡山止りです。犯人としては、一刻も早く、倉敷を離れたかった筈ですから、とにかく、この列車で、岡山まで行ったのではないかと、考えました。そこで、岡山のホテル、旅館を片っ端から、調べましたが、四月九日の夜、久保と思われる男が、泊った形跡は、ありませんでした。そこで、岡山周辺の温泉地まで、範囲を、広げてみましたところ、県の北、鳥取県に近い湯原(ゆばら)温泉のW旅館に、田中良治の偽名で、四月九日に泊ったことが、わかりました。彼は、翌十日、タクシーで、鳥取に抜け、米子(よなご)空港から、東京に戻ったものと思われます。県警としては、殺人未遂容疑で、久保の逮捕状をとるつもりであります〉

十津川の方は、もちろん、殺人容疑で、久保の逮捕状を、請求した。

令状が出ると、十津川たちは、それを持って、もう一度、久保のマンション兼スタジオに向った。

久保は、令状を突きつけられた瞬間、ポカンとした顔になった。こんな事態になるとは思っていなかったのだろう。

しかし、次には、青ざめた表情に、変った。

連行し、十津川が、次々に、証拠を突きつけていくと、久保は、泣き顔になり、

「僕は、どうしたらいいんですか?」

と、かすれた声で、いった。

「一つだけ、教えてあげよう」

と、十津川は、いい、黙っている久保に向って、

「倉敷の病院にいる浅井美矢子が、助かるように、祈るんだ。もし、彼女が死んだら、君は、二つの殺人で、多分、無期懲役になるだろうからね」

と、いった。

十津川、民謡を唄う

1

十津川は、駅から、自宅に向かって歩いていた。

午後十一時は廻っていた。暖かい夜で、そのうえ、珍しく少し酔っていたので、十津川は鼻歌を唄っていた。

難事件を解決して、捜査員全員で、新宿で飲んでの帰りだった。

裏通りに入って、人の姿がなくなって、つい鼻歌が出たのだが、公園の傍まで来たとき、ふと、きれいな女の唄声が聞こえてきた。

それも、どこかの民謡調で、

出雲(いずも)名物ゥ　荷物にゃならぬゥ
聞いてェ　お帰れェー安来節(やすぎぶし)ィ

と、唄っている。

少し酔っている感じの声だった。

好きなお方にィ　助け舟ェ
末は社長のォ　奥方にィ　なれる約束ー

と、きて、十津川は、以前、山陰へ旅行した際に、聞いたことがあったのを思い出した。たしか安来節である。

街灯の下に、その声の主が現われて、十津川に向かって、

「あのー、旦那(だんな)さん」

と、声をかけてきた。
三十五、六の女で、藤色の美しい着物姿だった。
アップにした髪や眼つきが粋(いき)な感じで、旦那さんという呼びかけが、どこかの芸者

という感じだった。

「タクシーに乗りたいんだけど、どこへ行ったら?」

と、女がきく。

「表通りに行かないと、タクシーは拾えませんよ。次の角を左に曲がれば、すぐ大通りです」

と、十津川は教えた。

その角のところで、女は軽く会釈(えしゃく)して、

「ありがとう。旦那さん」

と、いって、曲がっていった。

十津川が、なんとなく、立ち止まって、女の後ろ姿を見送っていると、また、

出雲名物ゥ　荷物にゃならぬゥ
聞いてェ　お帰れェー安来節ィ

と、唄うのが、聞こえてきた。

(旦那さんか――)

と、十津川は、微笑して、彼女の姿と唄声が、表通りに消えるのを見送った。

帰宅してからも、女の、高いトーンの唄声が耳に残っている。

ゆったりした唄い方は、正調安来節だからだろう。

（芸者というのは、今でも、お客を旦那さんと呼ぶのだろうか？　それとも、さっきの女が、勝手にそう呼んでいるのだろうか？）

「思い出し笑い？」

と、妻の直子がきいた。

「安来節を知ってるかい？」

と、十津川は逆にきいた。

「安来って、どじょうすくいの？」

「どじょうすくい？」

「そうじゃなかったかしら？　ザルを持って、どじょうすくいを踊るんじゃなかったかと思うけど」

「ああ、あの踊りねえ」

十津川は頬かむりをし、ザルでどじょうすくいをする踊りを思い出していたが、それが、はたして、安来節だったかどうか、自信がない。

2

翌日、十津川が、朝食をとっていると、亀井から電話が入った。

「朝早くからすみませんが、すぐ、京王多摩川に来てください」

と、亀井はいう。

「殺人事件か？」

「そうです。多摩川原橋の近くの河原です」

「わかった。すぐ行く」

と、十津川はいった。

十津川は、妻のミニ・クーパーSを借りて、亀井のいった現場に急いだ。

小雨が降りだしている。

昔から、十津川は雨が嫌いだった。豪雨になってしまえば、逆に爽快なのだが、じとじと降る雨が嫌いなのだ。

多摩川原橋近くの河原も雨に濡れていた。石も雑草も、濡れている。

そして、死体もである。

和服姿の女だった。先に着いていた亀井が十津川に挨拶し、俯せの死体を、若い西本刑事と二人で、ゆっくり仰向けにした。

「あッ」

と、十津川が小さく声をあげた。

「ご存じの仏さんですか？」

と、亀井がきいた。

「名前は知らないが、昨夜、会っている」

と、十津川はいった。

間違いなく、昨夜、自宅近くで出会ったあの女だった。

十津川は、そのときの状況を亀井に話した。

「安来節ですか」

と、亀井が死体を見つめて呟いた。

「いい声だったよ」

「そういえば、たしかに芸者という感じですね」

「死因は？」

と、いいながら、十津川は、死体の傍に屈み込んだ。

襟が少しはだけ、喉のあたりに細い帯状の鬱血の痕があった。

「絞殺か」

「そのようですね。たぶん布製の紐みたいなもので、絞めたんでしょう」

と、亀井はいった。

「昨夜、出会ったときは、よく芸者なんかが持っている信玄袋を下げていたんだが、見当たらないようだな？」

「探してみます」

と、亀井はいい、西本たちに十津川の指示を伝えた。

鑑識が駆けつけて、小雨の中で写真を撮りはじめた。

十津川は、少し離れて、雨に濡れながら、その作業を見守った。

昨夜の彼女の声が、耳に蘇ってくる。高いよく通る唄声と、「旦那さん」と話しかけてきたときの声である。

それが、一夜明けた今は、物いわぬ死体となって、河原の石と雑草の上に横たわっているのだ。

信玄袋は、結局、見つからなかった。犯人が持ち去ったのか、それとも、多摩川に流れてしまったのか。

死体の横たわっていた部分の石や雑草は、濡れていなかった。今日の雨は、午前五時ごろから降りだしたということだから、殺されて倒れたのはその前だろう。

女の死体は、毛布にくるまれて、司法解剖のために運ばれていった。

十津川たちは、捜査本部の置かれることになる調布警察署に、足を向けた。

調布署の警官が、十津川たちにコーヒーを淹れてくれる。

亀井が、それを口に運びながら、

「安来節というのは、どんな唄でしたかね？」

と、十津川にきいた。

「出雲名物、荷物にゃならぬ――」

「よく覚えておられますね」

「昨夜、彼女が唄っていたんだ。いい声でね」

と、十津川はいった。

「すると、彼女は、山陰の芸者ですかね？」

「かもしれないな。夜の十一時過ぎに出会ったとき、彼女は、タクシーを拾おうとしていたよ」

「では、タクシーで、あの現場へ行ったんでしょうか？」

「私が会った場所は、中野だ。あの時刻にタクシーを拾ったとして、ここまで三十分はかかるだろう。十二時近くなってしまう。そんな夜ふけに、あの河原に、何の用があって行ったんだろう？」

「犯人に呼び出されたんじゃありませんか」

と、亀井はいった。

「女がひとりで、深夜に呼び出されて、あの河原へ行くかね？」

「それは、犯人に対する信頼の度合いと、会わなければならない彼女の用件にあるんじゃありませんか」

と、亀井は当然のことをいった。

「それはどんな用だと、カメさんは思うんだ？」

「わかりません。私は、女性は苦手ですから」

「とにかく、中野のあの場所から、彼女を乗せたタクシーを見つけよう」

と、十津川はいった。

刑事たちは、タクシー探しに走り廻った。都内のタクシー会社に当たり、個人タクシーの組合にも協力を求めた。

だが、いっこうに、女を乗せたタクシーは見つからなかった。

夜おそく、中野から多摩川の河原まで、それも着物姿の女を運ぶことは、印象に強く残っているはずなのに、タクシーの運転手は見つからない。

「タクシーには、乗らなかったのかもしれないな」

と、十津川はいった。

「しかし、警部が会ったとき、彼女は、タクシーを探していたんでしょう?」

と、亀井がきく。

「そうだがね。ひょっとすると、誰かが車で彼女を迎えに来て、そいつが多摩川の河原まで連れていって、殺したんじゃないか。それなら、深夜に多摩川に呼び出されて、女が一人で行くという不自然さが消えてくれる」

「そうかもしれませんが、そうなると、犯人は、最初から彼女を殺すつもりで、車に乗せたんでしょうか?」

「そう思うね」

「彼女の身元がわからないと、犯人の目星(めぼし)もついてきませんが」

と、亀井がいった。

たしかにそのとおりだった。十津川は、考えてから、

「カメさん。山陰に行ってみないか」

と、亀井にいった。

「安来節のふるさとですか」

「ああ。私は、民謡のことはよくわからないんだが、彼女が唄っていたのは、普通に聞く、安来節じゃないような気がしたんだ」

「いわゆる正調というやつですか？」

「ああ。それに切れ目がない感じでねえ」

「どういうことですか？」

「高低が激しい唄い方なのに、息継ぎがないみたいな感じだったんだ。相当、修練を積んでいる感じがしたんだよ」

「なるほど」

「もちろん、安来節の名手は、東京にもいるだろうが、私は、なんだか、山陰の匂(にお)いみたいなものを感じたんだよ。これは、直感だがね」

「そうですね。東京の人間なら、関係者が、警察に問い合わせてきていなければ、おかしいですね」

と、亀井もいった。

3

翌日、十津川と亀井は、出雲行きの飛行機に乗っていた。

「彼女の唄が、どうも耳から離れなくてね」

と、飛行機の中で十津川はいった。

「よほど、感心されたんですね」

「いい声だったよ。それに、彼女は、旦那さんと私に声をかけてきた」

「旦那さん――ですか」

「だから、芸者じゃないかと思ってね」

「今は、芸者でも、旦那さんなんて、いわないいんじゃありませんか」

「かもしれないが、彼女はそういったんだよ」

と、十津川はいった。

一一時五五分に羽田を出発した飛行機は、一三時二五分に出雲空港に到着した。宍道湖（しんじ）に突き出すような形で作られた空港である。まだ真新しい。

空港には、島根県警の白井（しらい）という刑事が、迎えに来てくれていた。

白井は、二人を待たせておいたパトカーに案内しながら、

「今、ご照会のあった女性について、調べています」

「脈はありそうですか？」

「もし、出雲の芸者なら、すぐわかると思います」

と、白井はいう。

二人は、いったん出雲警察署に案内され、そこで待つことにした。

白井が、昼食に出雲そばをとってくれた。十津川と亀井がそれを食べていると、白井が笑顔で近づいてきて、

「どうやら、玉造（たまつくり）温泉の芸者らしいという知らせが入りました」

と、いった。

「玉造温泉ですか？」

「古い温泉です」

「そこへ、案内してください」

と、十津川はいった。

「そばを、食べ終えてからで――」

「いや、一刻も早く、確認したいんです」

と、十津川はいった。

再び、白井の運転するパトカーに乗り、玉造温泉に向かった。

国道9号線を松江方向に走り、玉湯から内陸部に入る。

玉湯川に沿って走ると、古くからの温泉街が見えてきた。川の両側は、桜並木だった。まだ、つぼみの段階で、

「あとひと月もすると、満開になりますよ」

と、白井が運転しながらいった。

桜並木が切れたあたりから、ホテル、旅館が増えてくる。

十津川は、その一軒に案内してもらった。今日は、ここに泊まるつもりだった。

川沿いのKホテルにチェック・インしたあと、十津川は、問題の芸者のことをよく知っている同僚を呼ぶことにした。

夕方、六時半の食事のとき、四十歳くらいの秀佳という芸者がやってきた。

彼女は、十津川の質問に、

「その人、美雪さんだと思うんですけど」

と、いい、写真を見せてくれた。

なるほど、殺された女によく似ている。

「この人、今、いないんですね？」

「ええ。三月九日に東京に行くといって、出かけて、まだ帰ってきていないんですよ」

と、いった。

あの女が殺されたのは、三月十一日である。時間的には、一応、合っていた。

「東京には、何をしに行くと、いっていたんですか？」

と、十津川はきいてみた。

「聞いたんですけど、何もいわずに出かけてしまったんですよ。ナイショ、ナイショと、笑ってましたわ」

「東京に着いたという連絡は、あったんですか？」

「いいえ」

「その美雪さんというのは、どういう人なの？」

と、亀井がきいた。

「お母さんも、芸者だったんです。そのあと、置屋さんをやってて、お母さんが亡くなってからは、美雪さんがその置屋をやってます」

「つまり、社長さんみたいなもの？」

「ええ。そして、自分も第一級の芸者。美人だし、声もいいから、玉造では人気者なんですよ」

と、秀佳はいった。

「結婚は？」

「一度したけど、すぐ別れて、今はひとり」

「経済的には、どうだったんだろう？　お金持ちだったのかな？」

と、亀井がきくと、秀佳はニッとして、

「大変なお金持ちよ。置屋のほかに、バーやスナックも持ってるしね」

「それなのに、芸者をやっていたの？」

「芸者という仕事が、好きなのね。それに、唄うのも好きだったしね。安来節を唄わせたら、この玉造では、一、二を争ってたんじゃないかしら」

と、秀佳はいった。

「あなたも、唄えるんでしょう？」

と、十津川はいった。

「ええ。ここの芸者だから、一応は唄えますよ」

「じゃあ、唄ってみてくれないかな」

「その前に、飲みましょうよ」

と、秀佳はいい、仲居にどんどん酒を運ばせた。

十津川と亀井も飲むことにしたが、秀佳がやたらに強い。いくら杯を重ねても、酔った素振りを見せないのだ。

やがて、きちんと座り直すと、

「じゃあ、唄いましょうかね」

「私は、どじょうすくいしか知らないんだがね」

と、亀井がいうと、秀佳は、

「それは、男踊り」

と、そっけなくいった。

「正調というのを聞きたいな。出雲名物——と、いうのを」

と、十津川は頼んだ。

　　出雲名物　荷物にゃ　ならぬ
　聞いて　お帰れ　安来節
　アラ　エッサッサ

宍道湖水に　舟唄　小唄
波に消え行く　追分（おいわけ）は
わたしゃ出雲の　舟のり稼業（かぎょう）
唄いながらに
好きな　お方と二人で
棹（さお）さす　すずみ舟

と、秀佳が唄う。

一生懸命に唄っているのだが、あの夜、聞いたほどの豊かさはなかった。

「美雪さんも、同じように唄ってたの？」

と、十津川がきくと、

「わたしは、美雪さんに教えてもらったんだけど、あんなにうまくは唄えないわね」

と、笑った。

「末は、社長の奥方に――という文句もある？」

と、十津川はきいた。

「末は、社長の奥方に？」

「ああ、そんな文句はないの？」

「聞いたことがないわね。ふざけて、いろいろと唄うこともあるけど――」

と、秀佳はいった。

「芸者さんて、お客のことを旦那さんと呼ぶのかな？」

と、十津川はきいた。

「お客さんのことを？」

「ああ」

「わたしは、ただ、お客さんて、呼びますけどねえ」

「美雪さんは？」

「あの人は、どうだったかな。お母さんが昔の芸者さんだったから、旦那さんという呼び方をしてたかもしれない。美雪さんも、それを真似てたのかな」

と、秀佳はいってから、

「お客さんも、そう呼んでほしいんだったら呼んであげますよ。はい、旦那さん、お酌（しゃく）」

と、杯（さかずき）を十津川に持たせた。

4

翌朝、十津川も亀井も、二日酔いになっていた。

十津川が顔をしかめながら、のろのろと起きあがったとき、電話が鳴った。

受話器を取ると、元気な声で、

「県警の白井です。お早うございます」

と、いう。

「ああ。昨日は、どうも」

「それで、いかがでしたか？　東京の被害者の身元は、割れましたか？」

「どうやら、玉造の美雪という芸者に、間違いないようです」

「それは、よかったですね。私も、美雪という芸者について調べてみます」

「お願いします」

と、十津川はいった。

朝食を食べる気にはなれず、十津川と亀井は、二日酔いがおさまるのを待って、温泉に入った。

昼過ぎになって、白井がやってきた。一階ロビーの喫茶ルームで会うと、

「妙なことがわかりました」

と、白井は声を落としていった。

「どんなことですか？」

十津川は、ブラックコーヒーを飲んでからきいた。

「美雪という芸者ですが、遣り手（やりて）でしてね。金を貯めていました」

「そうらしいですね」

「ところが、その金が、ありません」

「どういうことですか？」

「彼女は、M銀行に預金していたんですが、二月十日に、全額を解約した形にして、銀行小切手にしてしまったんです。一億五千万円の銀行小切手です」

「銀行小切手というと、銀行に持っていけば、すぐ支払われるやつですね」

「そうです」

「その小切手は、どこへ渡っているんですか？」

「わかりません」

「自分のために、そんな小切手を作るはずがありませんね」

「そうです。キャッシュ・カードを持っていたそうですからね」

「すると、何かの支払いのために、作ったということかな。最近、彼女は、新しい店を持ったとか、自宅を改造したとか、別荘を買ったということは、ないんですか?」

と、十津川はきいた。

「まったくありません」

「じゃあ、誰かに渡したということかな?」

「かもしれませんが、その相手がわかりません」

と、白井はいった。

「今夜も、もう一度、芸者を呼ぼう」

と、十津川は亀井にいった。

「あの芸者ですか?」

「そうさ。いちばんよく、美雪のことを知ってるんだから仕方がないよ」

と、十津川は笑った。

秀佳は、やってきたが、今夜は、なんとなく神妙な表情だった。

美雪が死んだかもしれないことが、わかってきたからだろう。

「美雪さんが殺されたって、本当なんですか?」

と、秀佳は、酒も飲まずに、十津川にきいた。

「まだ、断定はできないんだ。彼女によく似た女性が、東京で殺されたのは確かだがね」

と、十津川はいった。が、ほぼ美雪に間違いないだろうと考えていた。

「君がいちばん彼女のことを知っているのかね？」

と、亀井がきいた。

「そうねえ。おかあさんは亡くなっちゃってるし、わたしが、いちばん仲がいいから」

「じゃあ、明日、一緒に東京に行ってくれないかな。確認をしてもらいたいんだ」

と、十津川は秀佳に頼んだ。

「いいですよ。わたしだって、美雪さんかどうか知りたいから」

と秀佳はいった。

「ところで、美雪さんは、一度、結婚に失敗したといっていたね？」

「ええ。この玉造の旅館の長男と結婚したんだけど、お姑さんとうまくいかなくて、別れたのよ」

「相手は、今、どうしてるの？」

「今でも、旅館のご主人で、もう、再婚していますよ」

　と、秀佳はいった。

「その旅館の主人は、今、うまくやってるのかな？　いや、夫婦仲じゃなくて、旅館業のほうだけど」

　と、十津川はいった。

「うまくいってるみたいですよ」

　と、秀佳はいう。

　それなら、一億五千万円の銀行小切手とは、関係ないだろう。

「美雪さんに、新しい相手はいなかったのかな？　新しい恋人が」

　と、十津川はきいた。

「さあ、どうかな。美雪さんは、美人で、女盛りだから、いてもおかしくないんだけど、一度、結婚に失敗してるんで、用心深いし、なかなか話してくれないのよ」

「しかし、君は、いちばん仲がいいんだろう？」

「そうなんですけどねえ。男のことは、彼女、秘密主義だから」

　と、亀井がいった。

「しかしね、彼女は、せっかく貯めたお金を、全部、銀行小切手にしているんだ。一億五千万円もね。その小切手は、何のために作ったのか、今、どこにあるのか。私の考えだと、彼女に好きな男ができて、その男に頼まれて、用立てたんじゃないか。そう思うんだよ」

と、十津川がいうと、秀佳は、眼を丸くして、

「一億五千万も！」

「そうだよ。県警が調べてわかったんだ。だから、彼女には、好きな男ができていたと、思うんだ。知らないかね？」

「東京に行ったのは、その男の人に会うためだったのかしら？」

「かもしれないね」

「知らなかったわ。美雪さんに、そんな人がいたなんて――」

「ぜんぜん、気付かなかったのかね？」

と、亀井がきく。

「うーん」

と、秀佳は考え込んでいる。一生懸命に、何かを思い出そうとしている様子だったが、

「そういえば――」

「思い当たることが、あるんですね？」

と、十津川はきいた。

「二月のバレンタイン・デーのときなんだけど、常連のお客に、ちょっとしたプレゼントをしようということになって、美雪さんと、松江のデパートに買い物に行ったんですよ。芸者とバレンタイン・デーって、おかしいかもしれないけど、今はいろいろしないとね」

と、秀佳は笑った。

「それで？」

「デパートに、贈り先もいって、頼んで帰ったんです。そのあと、一件、贈り先の住所を間違えたことに気がついて、次の日に、ひとりでもう一度、デパートに行ったんですよ。そのついでに貴金属売場に行ったら、美雪さんがいたの。彼女がいなくなってから聞いてみたら、六十一万円の腕時計を買ってるんです。男物のコルムという時計」

「それも、常連のお客へのバレンタイン・デーのプレゼント？」

と、亀井がきくと、秀佳は、笑って、

「バレンタイン・デーのプレゼントは、チョコレート。せいぜい二、三千円までの」

「すると、そのコルムの腕時計は、恋人へのプレゼントということかな？」

「そうでしょうねえ」

「相手はどんな男？　名前は、わからない？」

と、十津川はきいた。

「あのときなんとなく、聞きそびれてしまって——」

と、秀佳はいった。

5

翌日、十津川は、秀佳を連れて、東京に戻った。

彼女に死体を見せたとたんに、泣きだしてしまった。そのまま、なかなか泣き止まなかった。

なんとか泣き止んだところで、十津川はお茶を淹れて、秀佳にすすめた。

秀佳は、恐縮して、

「すいません。刑事さんにお茶まで淹れてもらって」

「わざわざ来ていただいたんだから、このくらいのサービスは、当然ですよ。昼食も、こちらで用意します」

と、十津川はいった。

「でも、美雪さんは、誰に殺されたんですか？　犯人は、わかってるんですか？」

と、秀佳がきく。

「まったくわかりません。しかし、たぶん一億五千万円の銀行小切手のせいで、殺されたんだと思いますね」

と、十津川はいった。

急に、秀佳がクスッと笑った。

「何か、おかしいことをいいましたか？」

と、十津川が眉（まゆ）をひそめてきいた。

「なんだか、刑事さんが、妙に改まって、丁寧な言葉使いをするもんだから、おかしくて」

と、秀佳はいった。

今度は、十津川が笑って、

「そりゃあ、わざわざ来ていただいて、ここではあなたがお客さんですからね」

と、いった。

昼食には、近所の食堂からかつ丼をとって、秀佳にもすすめた。

「ここのかつ丼は、うまいんです」

と十津川はいった。

それがすんでから、十津川は、机の引出しから、小さなテープレコーダーを取り出した。

「あなたに、安来節を、教えてもらいたいんですよ」

と、十津川はいった。

「刑事さんも、覚えたいんですか？」

「そうなんですよ。安来節というと、先日も、うちの亀井刑事がいったみたいに、どじょうすくいしか、思い出しませんからね」

と、十津川は笑った。

「何からいえば、いいのかしら？」

「安来節って、いろいろあるんでしょう？」

「ええ。刑事さんのいう、どじょうすくいもあるし、女の人が踊る、あら、えっさっさという女踊りもあるし、元唄もあるし、それを変えた唄もあるしね」

と、秀佳はいう。

「この間、唄ってくれましたね。いわゆる、正調安来節というやつ。あれを、もう一度、唄ってくれませんか」

と、十津川は頼んだ。

秀佳が唄い出すと、十津川は、それをテープにとった。

「死んだ美雪さんも、こんなふうに唄っていたんですか？」

「ええ。その節のところが、彼女、好きだったんですよ」

「安来節って、アドリブを入れることもあるんですか？」

と、十津川はきいた。

「アドリブって？」

「自分で勝手に、お金が欲しいとか、旅行に行きたいとかいう言葉を入れて、唄うことはあるのかなと思ってね」

「酔って、勝手に唄ってるときは、そんな唄い方をすることもあるけど、お客様の前では、いつもきちんと唄いますよ。玉造の芸者だから、安来節に責任を持たなきゃなりませんものね」

と、秀佳はいった。

「酔っているときは、アドリブを入れることも、あるんですね？」

「それは、ひとりで、唄っているときなんかにね。酔っても、お客様の前では、きちんと唄いますよ」

と、秀佳は念を押すようにいった。

「美雪さんも、ひとりで酔っていて、ご機嫌のときは、アドリブを入れて、安来節を唄ったりしていましたか?」

「さあ、そういう美雪さんを見たことがないから。彼女、真面目なんですよ」

「それでも、ご機嫌なら、アドリブ入りの安来節を唄ったりするんじゃありませんかね?」

「さあ、どうでしょう? 美雪さんでも、そんなこと、あるのかしら」

と、秀佳はいった。

「今、美雪さんは、真面目だと聞いたんだけど、ほかに、どんなところがあったか、教えてくれませんか」

と、十津川はいった。

「それ、犯人を見つけるのに、役に立つんですか?」

「そう思っています。あらゆることを知りたいんですよ」

と、十津川はいった。

「美雪さんって真面目だから、何かあると、まっすぐ進んじゃう人ですよ」

と、秀佳はいった。

「恋愛でもですか?」

「ええ。恋愛なら、余計だと思いますよ」

「でも、結婚は一度、失敗しているんでしょう?　それなら、恋愛にも慎重になるんじゃありませんか?」

と、十津川がきくと、秀佳は笑って、

「慎重に、慎重にって、じっとおさえてきたら、いざ燃えたら、激しいんじゃありません?」

「なるほどね。激しく燃えて、一億五千万円の銀行小切手を、その相手に渡したかな?」

と、十津川はいった。

「前にもお聞きしましたが、まだ信じられません、一億五千万円だなんて」

秀佳がいう。

「あなただって、彼女が、デパートで、六十一万円の腕時計を買うのを見たんでしょう?」

「それは、そうなんですけどねえ。まさか、一億五千万円も、男の人に貢いだなんて、信じられませんよ。あんなにしっかりした人なのに」

と、秀佳はいった。

「しかし、その可能性が強いんです」

「でも、どこの誰に？」

「たぶん相手は、東京に住んでいる男です」

と、十津川はいった。

「そんな人に、いつ会ったのかしら？」

「それらしいお客に、心当たりはありませんか？」

と、十津川はきいた。

「お客？」

「ええ。玉造に遊びに来たお客の中に、いたのかもしれませんからね」

「そんなお客がいたかしら？」

と、秀佳は考えていたが、

「わたしが知ってるかぎり、そんなお客はいなかったと、思いますけどねえ」

「しかし、いつも、あなたと美雪さんは、一緒にお座敷に出るわけじゃないでしょう？」

「ええ。そりゃあ、ひとりで出るときもありますけど」

「美雪さんが、ひとりで出たとき知り合ったお客じゃないのかな」

と、十津川はいった。しかし、秀佳は、半信半疑で、

「温泉に来るお客は、たいてい、いいかげんなことをいいますよね。その夜だけ、芸者と楽しく過ごせばいいんだから。わたしたちだって、真剣にお客に抱かれたりしませんよ。『雪国』の駒子みたいなことは、めったにないんだから」

と、いった。

「めったにないことが、あったのかもしれませんよ。とにかく、高価な腕時計をプレゼントする相手がいたことは、間違いないんだ」

と、十津川はいってから、

「なんとかして、そのプレゼントの相手が、わかりませんかね。調べてくれませんか」

「わたしが？」

「そうです。あなたは、彼女と親しかったんだし、ほかの芸者さんたちにも信用があるから、皆さんも、本当のことを話してくれるんじゃないかな」

と、十津川はいった。

「なんとか、やってみますわ」

と、秀佳はいった。

彼女は、その日の二一時二〇分東京発の寝台特急「出雲3号」で帰っていった。

十津川は、亀井と、彼女を東京駅に送ったあと、

「これから、一緒に行ってもらいたいところがあるんだよ」

と、亀井にいった。

「どこですか？」

「中野だ」

「ご自宅ですか？」

「いや、死んだ芸者に、最後に出会った場所だよ」

と、十津川はいった。

中央線で中野まで行き、そこから、十津川は、亀井と自宅に向かって、ゆっくり歩いていった。

公園の近くに来たところで立ち止まる。

「このあたりで、出会ったんだよ」

と、十津川はいった。

「ここですか？」

と、亀井は周囲を見廻した。

裏通りで、街灯もわずかしかない。

「向こうのほうから、彼女は、唄いながら歩いてきたんだ」

と、十津川は指さした。

「すると、このへんの誰かに会っての帰りだったんでしょうか？」

亀井が、きいた。

「だと、思うんだがねえ」

「そのとき、彼女は、酔って、ご機嫌だったんでしょう？」

「そう思ったね」

「しかし、おかしいですね」

と、亀井がいった。

「何がだい？　カメさん」

「会っていた相手と、楽しい一刻を過ごしていたから、ご機嫌だったわけでしょう？」

「それなのに、なぜ、殺されたかということかい？」

「それもありますが、相手は、なぜ、自分の車で送るか、タクシーを呼ぶかしなかったんでしょうか？　彼女は、東京の人間じゃありません。東京に不案内なわけでしょう？　それなのに、夜おそく放り出したというのが、わからないんですよ」

と、亀井はいった。

「なるほどね」

「それに、彼女は、どこへ行くつもりだったんでしょうか？　夜の十一時過ぎでは、飛行機もブルートレインもありませんよ」

「たぶんホテルだと思うね。彼女は、どこかのホテルに泊まっていたんだ。タクシーを拾って、そのホテルに帰ろうと、思っていたんだと思うよ」

と、十津川はいった。

「そのホテルを探しましょう」

「そうしてくれ」

と、いってから、十津川は、じっと路地の向こうに眼をやった。

「この向こうに、彼女を殺した犯人が、住んでいるのかもしれないね」

「一億五千万円の銀行小切手と六十一万円の腕時計を、手に入れた人物ですか？」

「そうだよ」

と、十津川は肯いた。

「まさか、一軒一軒、当たってみるわけにもいきませんね」

と、亀井がいう。

「一杯飲みたいな」

「酒ですか？」

びっくりした顔で、亀井がきいた。十津川が酒に弱いことを、知っているからである。

「ビールだよ」

と、十津川はいい、表通りまで歩いていくと、そこにあった自動販売機で、缶ビールを二つ買い、一つを亀井に渡した。

十津川は、元の路地に戻りながら、缶ビールをちびちび飲んでいた。

「ビールでも飲まないと、照れくさくてね」

と、十津川はいい、片手に缶ビールを持ったまま、

出雲名物ゥ　荷物にゃならぬゥ

と、小声で唄いはじめた。

亀井は、笑って聞いている。

聞いてェ　お帰れェー安来節ィ
好きなお方にィ　助け舟ェ
末は社長のォ　奥方にィ
なれる約束ー

と、十津川は唄って、また缶ビールを喉に流し込んだ。

「ちょっと、文句が違いますね」

と、亀井がいった。

「ああ。あのとき、彼女はこう唄ったんだ」

「アドリブですか？」

「そうだろう。秀佳はちゃんと唄ったが、文句が違っていたからね」

と、十津川はいった。

「好きなお方に助け舟ですか。意味ありげですねえ」

と、亀井は笑い、飲み干したビール缶を、十津川のものと一緒に、公園の入り口にある屑籠（くずかご）に放り込んだ。

十津川は、煙草に火をつけた。

「恋人が金に困っているところへ、一億五千万円の銀行小切手をポンと差し出す。芸者の心意気というやつだ。相手は、感謝感激だろう。彼女は、酔って唄う。好きなお方に助け舟とね」

と、十津川はいった。

「その次の、末は社長の奥方に——というのは、文字どおりに受け取って、いいんですかねえ？」

と、亀井がきく。

「一億五千万円のことと六十一万円の腕時計のことがあるからね。私は、そのまま受け取っていいと思うよ」

「なれる約束——と、唄ってたんですね？」

と、十津川はいった。

「ああ、あのとき、ちょっと照れたような唄い方だったなあ」

と、十津川はいった。

あの夜、彼女は、「なれる約束——」と唄ってから、十津川に向かって、

「あのー、旦那さん」

と、声をかけてきたのだった。

「なれる約束――」のあとに、何か続けるつもりだったのだろう。

だが、十津川に気付いて、照れてしまったのではないだろうか。好きな男に一億五千万円もの銀行小切手を渡し、これで彼を助けられたと思い、満足して、唄いながら歩いていた。

そこに、十津川が現われたので、彼女は、自分の気持ちを見すかされたような気がしたのだろう。だから、照れてしまったにちがいない。

ひょっとすると、彼女は、タクシーに乗るのに、表通りに出ればいいぐらい知っていたのではないか。

あのとき、酔って、いい気分で安来節を唄いたかったので、わざと裏通りを歩いていたのかもしれない。

それが、突然、十津川に出会ったので、照れて、

「あのー、旦那さん」

と、ふざけて声をかけ、タクシーのことを聞いたのではなかったろうか。

「社長の奥方――というのは、彼女がそれを夢みて、唄ったんでしょうか？」

と、亀井がきいた。

「夢じゃなくて、男がその約束をしたんだろう」

と、十津川は、いった。

「だから、彼女は、その気だった？」

「ああ」

「それなのに、彼女は、殺されてしまった――」

亀井も、暗い表情になっていった。

「裏切られたんだ」

「もう一本、ビールを飲みませんか？」

と、亀井がいった。

6

西本刑事たちが、都内のホテルを片っ端から調べた結果、三月十日に、彼女が泊まっていたホテルがわかった。

新宿のホテルRである。

「彼女は、三月九日の午後七時に、二泊の予定でチェック・インしています。宿泊料金は二日分を前金で払っていたそうです。翌日、外出して、そのまま帰ってこなかったので、心配していたといっています」

と、西本はいった。

「それなら、なぜ、警察に連絡してこなかったんだ？」

亀井が、怒った顔でいった。

「それなんですが――」

と、日下刑事が引き取った。

「名前が違っていたので、別人だと思ったといっています」

「彼女は、源氏名が美雪で、本名は、白崎美代。そう新聞に載ったはずだよ」

と、十津川がいった。

「ところが、彼女がホテルで宿泊カードに書いた名前は、佐々木美代なんです」

と、日下がいった。

「佐々木？」

「そうです」

「しかし、住所が同じなら、一応、警察に照会してきても、よかったんじゃないかね？」

と、亀井が文句をいった。

「それが、住所も違っていたんです。それで、ホテルでは、別人と思ったらしいんです」

「島根の玉造じゃないのか？」

「これが、彼女の書いた宿泊カードです。借りてきました」

と、日下が十津川と亀井に見せた。

〈佐々木美代　長野県北佐久郡軽井沢町××番地〉

宿泊カードには、そう書かれてあった。

十津川のほうが、これで逆に不安になってしまった。

「この女は、間違いなく、殺された美雪なのかね？」

と、西本と日下にきいた。

「フロントの話では、間違いありません」

と、西本がいった。

「それで、部屋には何が残っていたんだ？」

と、亀井がきいた。

「持ってきました」

と、西本と日下が、白のスーツケースと、同じく白のハンドバッグを十津川たちに見せた。

スーツケースの中には、花模様の洋服とそれに合わせたかつら、下着などが入っていた。

ハンドバッグにあったのは、化粧品やキーホルダーなどである。

犯人を示すようなものは、見つからなかった。

十津川は、スーツケースとハンドバッグからすぐ眼を離して、もう一度、彼女の書いた宿泊カードを見つめた。

「これは、面白いかもしれないよ」

と、十津川は呟いた。

「どこがですか?」

と、亀井がきく。

「この佐々木美代という名前さ。彼女は、アドリブで唄った安来節のように、好きな男を助け、彼の奥さんになりたいと、思っていたんだ」

「ああ、この佐々木というのは、その男の姓ですか？」

「結婚したあとの自分の名前を、ふざけて、宿泊カードに書き込んだのかもしれないな」

と、十津川はいった。

「住所のほうは、どうなんですかね？　軽井沢というのは――」

「別荘や、ホテルのあるところだね」

「そうです」

「すると、佐々木という男の別荘が、ここにあるのかもしれないな」

「すぐ、問い合わせてみましょう。この住所が佐々木という男の別荘だとすれば、フルネームがわかるかもしれませんよ」

と、亀井はいった。

長野県警に捜査協力を要請し、この住所に、何があるのかを調べてもらうことになった。

二時間後に、ＦＡＸで、回答が送られてきた。

〈お問い合わせの件につき、回答いたします。

問題の住所には、井上敬一郎氏の別荘があります。全敷地面積一二〇〇平方メートル、建坪三〇〇平方メートル。家は、木造二階建てであります。井上敬一郎氏は、六十歳。東京に本社のあるW機械の副社長です。井上氏の住宅は、東京都世田谷区松原×丁目、電話番号は、03—3321—××××であります〉

「どうなってるんですか？　これは」

と、亀井が眉をひそめて、十津川を見た。

「彼女の書いた住所は、井上敬一郎という人の別荘だったということだよ」

と、十津川は苦笑しながらいった。

「それは、そうですが、なぜ、美雪は、こんなことを書いたんでしょうか？」

「とにかく、この井上敬一郎という人に会ってみようじゃないか」

と、十津川はいった。

翌日、十津川と亀井は大手町にあるW機械の本社に、井上敬一郎を訪ねた。

井上は、小柄だが血色がよく、笑顔で、十津川と亀井を副社長室に迎え入れた。

「現職の刑事さんにお会いするのは、初めてですよ。どんなご用ですかな？」

と、井上はきいた。

「玉造温泉に行かれたことが、ありますか？」

と、十津川はきいた。

「玉造というと、たしか出雲大社の近くの？」

「そうです」

「残念ながら、行ったことがありませんねえ。それが、どうかしましたか？」

「玉造に、美雪という芸者がいます」

「ほう」

「これが、彼女の写真です」

と、十津川は、秀佳がくれた写真を井上に見せた。

井上は、それを眼鏡をかけて見ていたが、

「なかなか美人だ」

「お会いになったことはありませんか？」

「ありませんねえ」

「実は、彼女がホテルＲに泊まったとき、こういう宿泊カードを書いているんです」

と、十津川はそれを井上に見せてから、

「その住所は、井上さんの軽井沢の別荘じゃありませんか？」

「そうですねえ。同じですね。これはどういうことですか？」

と、井上は眉を寄せて、十津川を見た。

「それを、私たちも知りたくて、今、調べているところなんです。本当にその芸者をご存じありませんか？」

と、十津川は念を押した。

「まったく、ありませんね。こんな美人となら、お付き合いねがいたいと思いますがねえ」

と、井上は笑った。

「その別荘は、よく利用されているんですか？」

と、亀井がきいた。

「そうですねえ。あまり、利用しませんねえ。せいぜい、夏に二週間ほど使うぐらいでしょうね」

「冬は、行かれませんか？」

と、十津川がきいた。

「私も家内も、寒いのが苦手ですから、行きません。息子が使うこともありましたが、その息子も結婚して、二年前からアメリカに住んでいますから」

と、井上はいった。

「佐々木という人間をご存じですか？」

「佐々木さん——ですか？　どの佐々木さんでしょうか？　二人ほど知っておりますが」

と、井上はいう。

「たぶん中野あたりに住んでいて、何かの社長をしていると、思うんですが」

と、十津川がいうと、井上は首をひねって、

「それは、違いますねえ。私の知っている佐々木さんは、ひとりは有名な画家で、もうひとりは通産省の人ですから」

と、いった。

7

十津川と亀井は、W機械の本社ビルを出て、パトカーに戻った。

「井上敬一郎は、嘘はいっていないような気がしますが」

と、亀井がいう。

「ああ、彼は本当のことをいってると、思うよ」

「そうすると、どういうことになるんでしょうか？」

「佐々木という男を見つけ出せば、理由がわかると、私は思っている」

と、十津川はいった。

「見つかりますか？」

「見つかるさ」

と、十津川はいった。

あの夜、美雪は酔って歩いていた。そして、タクシーに乗ろうとしていたのだから、あの近くの家から、出てきたとみていいだろう。

十津川は、刑事たちを動員して、あの周辺に、佐々木という男が住んでいないかどうかを調べさせた。

酔っているうえ、着物姿だし、午後十一時を過ぎている。

あの場所まで歩いてきたのだから、せいぜい二、三百メートル以内と、十津川はふんだ。

その中に、佐々木という姓の男は、二人いることがわかった。
ひとりは、四十二歳のサラリーマンで、妻子と一緒に建売り住宅に住んでいた。
これは、会わなくても違うなと、十津川は思った。
もうひとりは、三十五歳の独身の男である。
名前は佐々木保。車庫付きの広い家に住んでいるが、この家は借家だった。
車庫には、真っ赤なポルシェ１１９が入っている。
十津川は、亀井と、この佐々木に会いに出かけた。
日曜日なので家にいるというので、昼過ぎに会った。
長身で、柔和な感じの男だった。
渡された名刺には、「Ｎ・Ｉ・ＫＫ代表取締役・佐々木保」とあった。
「日本インフォメイション株式会社という、情報産業の小さな会社をやっています」
と、佐々木は笑顔でいった。
「私たちは多摩川で殺された美雪という芸者の事件を、調べています」
と、十津川はいった。
「ああ、新聞で、見ましたよ」
と、佐々木はいった。

「彼女は、玉造の芸者です」

「そのようですね」

「玉造温泉へ、行かれたことは？」

と、十津川はきいた。

「いや、ありません。一度行ってみたいですね。温泉は好きだから」

相変わらず、笑顔でいう。

「美雪という芸者に、会われたことはありませんか？」

「ありませんよ。今もいったように、玉造に行ったこともないくらいですから」

「おかしいですね」

「何がですか？」

「三月十日の夜、十一時ごろですが、彼女が、この家から出てくるのを見たという人がいるんですがね」

と、十津川はいった。

佐々木は、険しい眼つきになって、

「いいがかりですよ。とんでもないことです」

「そうですか。おかしいな」

「その人が、見誤ったんだと思いますよ。その日は、誰も訪ねてきませんでしたからね」

「実は、見たのは私なんですがね」

と、十津川はいった。

「刑事さんが？」

一瞬、佐々木の顔がゆがんだ。怯えの表情のようにも見えた。

「そうです。私が見たんですよ」

「そんな遅く、何をしていらっしゃったんです？」

と、佐々木は咎めるようにきいた。

「私は、この近くに住んでいるんです。あの夜、この傍を歩いていたら、女の人が、何か唄いながら、お宅から出てくるのにぶつかったんです。街灯の光の下でも、きれいな人とわかりましたよ。それに、いい声だなと思って、見ていました。彼女、少し酔っているようでしたね。『出雲名物ゥ　荷物にゃならぬゥ』と、唄っているので、安来節だとわかりました」

と、十津川はいった。

「――――」

佐々木は、黙っている。

十津川は、そんな佐々木の顔を見つめながら、

「そうしたら、彼女が私に、タクシーに乗りたいんだがというので、表通りに行かないと、拾えませんよと教えました。彼女が大通りのほうへ歩いていくのを見送ってから、私は自宅へ帰ったんですが、翌日になって、彼女が多摩川の河原で殺されているのが、見つかったんです」

「それなら、タクシーで、その芸者さんは多摩川へ行ったんじゃありませんか？」

と、佐々木はいった。

「いや、それは、ありませんね」

と、十津川は、あっさり否定した。

「なぜですか？」

「彼女はね、新宿のホテルに帰るところだったんです。多摩川に行くはずがありませんん」

「タクシーの運転手が、和服の美人を見て、妙な気を起こしたんじゃありませんか？悪い運転手もいるでしょうから」

と、佐々木がいった。

「それも、違いますね」

と、また十津川はあっさり否定してみせた。

佐々木は、怒ったような顔で十津川を見て、

「なぜ、そういえるんですか？」

「刑事を総動員して、全部のタクシーを調べたからですよ。あの日、あの時刻に、彼女を乗せたタクシーはなかったんです」

十津川は、嘘をいった。

「それなら、芸者は、どうやって、多摩川まで行ったんですか？」

と、佐々木はきく。

「もちろん、車です。まさか、歩いていけませんからね。だが、タクシーではない。とすると、自家用車で行ったにちがいないのです」

「自家用車？」

「それも、見ず知らずの人間に誘われて、車に乗るとは思えません。彼女は、しっかり者だという話ですからね。となると、顔見知りの人間に誘われて、車に乗ったということになります」

「じゃあ、私とは関係ない。私は、彼女を知りませんからね。会ったこともない」

と、佐々木はいった。

「しかし、私は、彼女が安来節を唄いながら、お宅から出てくるのを見ているんですがねえ」

と、十津川はいった。

佐々木は、青い顔になって、

「妙ないいがかりは、よしてくださいよ。弁護士に頼んで、告訴しますよ」

と、いった。

「そう怒らずに、捜査に協力していただきたいのですがね」

「それなら、犯人扱いは止めてもらいたいですね」

「わかりました。気をつけましょう」

と、十津川は微笑してから、佐々木の手元をのぞき込んで、

「いい腕時計をされていますね。たしか、それは、コルムという高いものでしょう?」

と、きいた。

佐々木は、誇らしげに、

「そうです。コルムです」

「その時計は――」

と、亀井が眼をとがらせるのを、十津川は、手で制して、

「また、伺いますから、ぜひ協力してください」

と、いって立ち上がった。

外へ出ると、亀井が、

「あの時計は、美雪がプレゼントしたものですよ」

と、いった。

「たぶんそうだろう。しかし、証拠はないんだ」

「それは、ナンバーを調べて、照合すればわかることですよ」

「それは、まず、松江のデパートに確かめてからだ」

と、十津川はいった。

「奴は、犯人ですよ」

と、亀井がいう。

「ああ。私も、そう思うよ」

「逮捕して、訊問したらどうでしょうか？」

「せかしなさんなよ。しっかりと脇を固めてからだ」

と、十津川は笑っていった。

8

翌日から、十津川は、佐々木保の周辺を調べることに全力をあげた。

佐々木の経歴、財産、性格、交友関係などすべてである。

少しずつ、佐々木についての知識が集まってきた。

佐々木は、小樽で、平凡なサラリーマンの家庭に次男として生まれている。

兄は、父と同じ小樽の会社に勤め、現在、結婚して、子供も二人いた。

兄が、真面目で堅実な性格なのに比べて、保のほうは、高校時代から虚言癖があった。

東京に叔父がいて、その叔父は、大変な資産家。自分のことをとても可愛がってくれているし、子供がいないので、将来は何十億円という遺産をもらえるはずだと、クラスメイトに話していたが、それがまったくの嘘だった。

地元の高校を卒業すると、上京。R大に入ったが、一年で中退。その後、さまざまな職業についたが、どこでもやはり虚言癖を発揮した。

高校時代は、それがご愛嬌ですんだが、成人してからは、詐欺まがいのことになった。

二十八歳のとき、とうとう、詐欺で逮捕された。

間もなく叔父の莫大な遺産が入るといって、友人などから何百万もの金を借りて、逃げてしまったのである。

三十歳で、結婚した。このときも、青年実業家というふれ込みで、二歳年上のホステスを欺したのだ。そして、彼女が貯えていた三千万円を使い果たしてしまったのである。呆れて、彼女のほうから別れていった。

現在、佐々木はN・Iという会社を作り、社長におさまっている。

新宿の雑居ビルの三階にある会社だが、調べてきた西本と日下は、

「実体のない会社です」

と、十津川に報告した。

「情報産業だと、佐々木はいっているがね」

「情報産業といえば、そうかもしれませんがね」

と、西本は笑って、

「社員は男女五人で、何をやっているかといえば、毎日、新聞の切り抜きをやってる

んです。項目別にです」

「それだけかね？」

「そうです」

「五人の社員に、給料は払っているのか？」

「払っています」

「しかし、そんな資料は、売れないんじゃないかね？」

「売れませんね」

「それじゃあ、損するばかりだろう？」

「そうでしょうね」

「なぜ、佐々木は、そんな、金にならない会社をやってるんだ？」

と、亀井がきいた。

「その会社は今年の一月から始めています」

「まだ、会社を作って、三カ月か」

「面白いことがわかりました。二月の初めに、美雪と思われる女が、佐々木に連れられて、その会社を見に来ているんです」

と、日下がいった。

「なるほど。面白いね」

と、十津川は肯いた。

「その会社は、彼女に見せるために作ったんでしょうか？」

と、亀井が十津川にいった。

「たぶんそうだろうね。見せ金みたいなものじゃないかな。彼女を信用させる道具に使ったのかもしれない」

と、十津川はいった。

「そうだとすると、例の別荘も――？」

と、亀井がいう。

「軽井沢の井上敬一郎の別荘か」

「そうです。夏しか使わないと、いっていたじゃありませんか。佐々木は、その別荘を自分のものだといって、美雪に見せたんじゃありませんか？　表札だけ佐々木に代えておけばいいんですから」

と、亀井は眼を輝かせていった。

「しかし、管理人がいるんじゃないか？」

と、十津川はいった。

「警部、管理人に金をつかませれば、空いている別荘ぐらい、使わせるんじゃありませんかね。ちょっとしたアルバイトですよ」

「なるほどね。アルバイトか」

「佐々木は、その別荘を自分のものだと、美雪に見せたんですよ。中も見せたでしょう。ついでに、二日、三日、その別荘で泊まったかもしれません。彼女は、すっかり信用したんじゃありませんか。軽井沢には、別荘を持っているし、東京で、小さいが会社をやっている。今、先端をいく情報産業の会社ですからね」

と、亀井はいった。

「信用させておいて、おもむろに、こういったのかな。会社を大きくしたいのだが、どうしても資金が足りない。資金さえあれば、絶対に成功する自信があるとね」

と、十津川はいった。

「典型的な詐欺の手法ですよ」

と、亀井がいった。

「だが、成功したんだ。美雪は、せっせと貯めた一億五千万円を佐々木に渡し、六十一万円の時計をプレゼントし、その揚句(あげく)に殺されてしまったんだよ」

と、十津川はいった。

「わからないことが、二つあるんですが」

と、日下がいった。

「何が、わからないんだ？」

「警部が、彼女に会った夜のことです。彼女は、ひとりで、安来節を唄いながら、歩いていたわけでしょう？」

「そうだよ」

「佐々木が彼女を殺すつもりだったのなら、なぜ、ひとりで帰らせたんでしょうか？　自宅から彼女を車に乗せて、多摩川まで運んでいって、殺すべきでしょう。あのまま、ホテルに帰ってしまう可能性もあったわけですよ」

「そのとおりだ。たぶん佐々木は、あわてて車で彼女を探し、見つけて乗せ、多摩川まで運んでいって、殺したんだよ。あるいは、殺してから多摩川へ運んだのかもしれない」

と、十津川はいった。

「彼女が、ひとりで歩いていたことは、こんなふうに、解釈したらいいんじゃないかね」

と、亀井が口を挟んで、

「むろん、佐々木は、彼女を殺すつもりだった。一億五千万円を手に入れたから、彼女はもう用ずみだからね。車でホテルまで送っていくといったと思う。車の中で殺して、多摩川に捨てる気でね。出かけようとしたとき、電話が鳴った。佐々木は、待っていてくれといって、電話に出た。ところが、酔っていた彼女は、気分がいいままに、ふらふら外へ出てしまった。電話をすませた佐々木は、彼女がいなくなっているので、あわてて車に乗り、彼女を探し廻った。やっと、表通りで、タクシーを拾おうとしている彼女を見つけて、車に乗せ、多摩川へ連れていった」

「カメさんは、見てきたように話すね」

と、十津川は笑った。

「間違っていますか？」

「いや、たぶんカメさんのいうとおりだと思うよ」

と、十津川はいった。

9

十津川は、玉造の芸者、秀佳に電話をかけ、美雪が松江のデパートで買った時計のナンバーについて、聞いてくれるように頼んだ。

秀佳は、すぐ松江に行ってくれたのだろう。その日の夕方に電話をかけてきて、

「美雪さんの買ったコルムのナンバーがわかったわ。デパートの時計売場に控えてあったナンバーは、４７８０８７ですって」

「ありがとう。助かったよ」

と、十津川はいった。

「これで、美雪さんを殺した犯人を、捕えられるの？」

と、秀佳がきいてきた。

「逮捕できると、思っているよ」

と、十津川はいった。

十津川は、夜になって、亀井と、もう一度、佐々木を自宅に訪ねていった。

佐々木は、着物でくつろいでいたが、

「今夜は、どんなお話ですか？」

と、からかうように、十津川を見、亀井を見た。

「実は先日お邪魔したとき、あなたの腕時計を見て、欲しいなと思いましてね。もう一度、見せていただけませんか」

と、十津川はいった。

「そんなことですか。どうぞ、見てください」

佐々木は、無造作に腕から外して、腕時計を十津川の前に置いた。

十津川の表情が、変わった。

（違う）

と、思ったのだ。今、眼の前に置かれたのはコルムではなくて、セイコーの時計だった。

「先日、あなたがしていた腕時計を見せてほしいんですよ。文字盤に旗のようなものが、ついているやつです」

と、十津川はいった。

佐々木は、苦笑して、

「そんな気のきいた腕時計は、持っていませんよ。私は、時間が合えばいい主義だから、ずっと、そのセイコーを使っていますよ」

と、いった。

（やられたな）

と、十津川は思った。先日、十津川が、彼の腕時計に興味を示したので、佐々木は、危険を感じて、隠してしまったのだろう。

「ヨットの旗が、描いてある時計ですよ。あんたは、持ってるはずだ」

と、亀井が大きな声を出した。

佐々木は、舌打ちをして、

「何を怒ってるんですか？　気に入らないのなら、帰ってくれませんか」

と、文句をいった。

十津川は、亀井に、

「失礼しようじゃないか。今日は、こちらの負けだ」

と、いって、腰をあげた。

二人は、外へ出た。

「家探(やさが)ししてやりたかったですよ。きっと、どこかにコルムを隠してありますよ」

と、亀井は無念そうにいった。

「見つからなかったら、間違いなくあの男は、われわれを告訴するよ。そうなれば、捜査ができなくなってしまう。すべて、私が悪いんだ。最初に会ったとき、つい、彼の腕時計に注意がいってしまった。彼もバカではないから、まずいなと気がついたんだ」

十津川は、自分を責めるようにいった。

「しかし、考えてみれば、その腕時計を隠したということは、佐々木が犯人であることを、自分で認めたようなものですよ」

と、亀井が慰めるようにいった。

パトカーの中から、十津川は、佐々木の家を見すえた。

まだ、逮捕令状をとれるところまでいっていないが、彼が、美雪を殺した犯人だという確信は強まるばかりだった。

亀井もいうように、コルムの腕時計を隠してしまったことも、十津川の確信を強めることになっている。

「新宿のホテルRに行ってみよう」

と、急に十津川はいった。

「美雪の泊まっていたホテルですね」

「そうだ」

「しかし、彼女の所持品は、全部、押収して、ホテルには何も残っていませんよ」

「わかっているよ」

と、十津川はいった。

パトカーで、新宿に向かう。走りだした車の中で、十津川は、

「彼女が、このホテルに泊まったのは、今度が初めてじゃないような気がするんだ」

「なぜですか？」

「ホテルRには失礼だが、東京を代表するホテルとはいえない。普通なら、東京駅周辺のホテルにするんじゃないかな。彼女が、今度、ホテルRにしたのは、佐々木の家に近いこともあるだろうが、前に、利用したことがあるためじゃないかと思ってね」

と、十津川はいった。

ホテルRに着き、フロントで調べてもらった。十津川の予想したとおり、今年の一月十四日、十五日の両日、宿泊していることがわかった。

そのときの宿泊カードには、玉造の置屋の名前と美雪の源氏名が、書き込まれている。

「このときは、当ホテルの白鳥の間で、全国安来節大会が催されましてね、この方も、それに出られたんだと思います。あのときは、全国から、三十人くらいの方がお泊まりになったので、ひとりだけ、特別に覚えているということがありませんでした」

と、フロント係は申しわけなさそうにいった。

このときは、集まった唄い手たちは、二人ずつ一部屋に泊まっていた。美雪と同室

だったのは、鳥取県三朝温泉の夕子という芸者になっている。

十津川は、亀井に、佐々木の動きを監視しているように指示しておき、ひとりで三朝に行くことにした。

今度は、ゆっくり温泉に入り、酒を飲みながら話を聞くという余裕はなかった。いつ、佐々木が高飛びするかわからなかったからである。三朝温泉に着くと、十津川は、夕子に会い、最初から刑事と名乗って、話を聞いた。

夕子は、四十歳くらいだろう。

「美雪さんが殺されたのって、本当にショックでしたよ」

と、夕子はいってから、十津川の質問に答えて、

「あの一月の大会のことね。全国から、安来節の好きな芸者が集まったの。あたしは準優勝で、美雪さんは三位だったかな」

「そのとき、二日間、ホテルRに泊まっていますね？」

「そうね。大会とその慰労会」

「そのとき、彼女が男性と、知り合ったということは、なかったんですか？」

と、十津川がきく。

夕子は、急にクスッと笑って、

「それ、あの男のこと？」

「佐々木という名前で、三十五歳、長身？」

「ええ。その人」

「大会の最中に、美雪さんは、佐々木と知り合ったんですか？」

「そうなのよ。あとでわかったんだけど、佐々木は、そのころ、付き合ってた女性が、あのホテルに泊まってたので、会いに来てたのね。大会が終わったあと、あたしと美雪さんがホテルの十二階にあるバーで飲んでたら、あの男がひとりでやってきたの。たぶん彼女とうまくいかなかったんで、飲みに来たんだと思うわ。そして、美雪さんに眼をつけたんじゃないかしら」

「彼女が、美人だからかな？」

と、十津川がいうと、夕子は小さく手を振って、

「あたしが思うに、佐々木が眼をつけたのは、美雪さんがしていた腕時計よ」

「腕時計？」

「ええ。ピアジェの腕時計。あれ、何百万もするんじゃないかな。佐々木って、やたらに、宝石とか、宝飾時計のことにくわしい男だったわ」

「美雪さんが、金を持ってると見たのかな？」

「たぶんね。あたしたちが安来節の大会に出たとわかると、民謡の中でいちばん好きだとか、唄って見せたりしたわ」

「どうでした？」

「まあ、うまかったわね」

と、夕子は笑った。

「その後、美雪さんは、佐々木と付き合っていたようなんですが、知っていました？」

「いいえ。あたしは、美雪さんが、佐々木に好意を持ったようなので、ああいう男は注意しなさいって忠告して、別れたんだけど——」

「お願いがあるんですが」

「何なの？」

「安来節を聞かせてくれませんか」

と、十津川はいった。

「刑事さんに、聞かせるの？」

「ぜひ、お願いします」

と、十津川はいった。

夕子は、座り直して、

出雲　名物ゥ　荷物にゃ　ならぬゥ

と、声を張りあげた。

死んだ美雪に似た、いい声である。

十津川は、ポケットから、テープレコーダーを取り出して、

「録音させてもらいたいんだけど構いませんか」

と、いった。

「刑事さんも、安来節がお好きなの？」

「彼女がちょっと酔って、安来節を唄っているのに、偶然、ぶつかったんですよ。そのときに聞いた唄声が耳に残っているんですよ」

と、十津川はいった。

「刑事さんは、美雪さんが好きだったんですか？」

と、夕子が笑いながらきく。

十津川は、照れた顔で、

「彼女に会ったのは、一瞬ですからね。夜、酔って、彼女が歩きながら唄っていました。その声や顔が忘れられないんですよ。翌日、死体になっていただけに、なおさら、鮮やかに記憶に残っているんです」

「いいな。そんなふうに、ある瞬間の記憶を残しておけるなんてね」

と、夕子は羨(うらや)ましそうにいってから、

「美雪さんを殺した犯人を、必ず捕まえてくださいね」

といった。

10

翌日、十津川が東京に帰ると、亀井が、

「例の情報産業を自称していた佐々木の会社が、なくなりましたよ」

と、知らせた。

「会社を閉めたのか」

「美雪を欺すために作ったインチキ会社だとすれば、一億五千万円を手に入れたので、もう用がなくなったんでしょう」

「それで、佐々木本人は、高飛びしそうかね？」

と、十津川はきいた。

「それが、悠然としていますよ。自信満々といってもいいと、思います。美雪との仲を証明するものは見つからないと、考えているんじゃないかと思いますね」

亀井は、いまいましげにいった。

「佐々木は、美雪に、自分たちの仲は内緒にしておきたいといい、彼女もそれを守っていたんだ。だから、仲のよかった秀佳も、二人の仲を知らなかったんだよ。佐々木が自信満々なのは、そのためだろう」

「二月に、佐々木は、彼女を自分のインチキ会社に連れていっていますが」

「それだって、その女性が美雪だという証拠はないんだ。別人だといわれてしまえば、追及のしようがない」

「一億五千万円の銀行小切手の線から、彼を追及できませんか？　彼が、それを現金化したことがわかれば、逮捕できるんじゃありませんか？」

と、北条早苗刑事がきいた。

「その線でバレるようなことは、しないだろう。佐々木は、いぜんから、詐欺を働いていた男だ。せっかく手に入れた銀行小切手で、尻尾をつかまれるようなことをするはずがない。銀行小切手というのは、現金と同じだからね。もし、裏の世界で、彼が五百万引くといえば、一億四千五百万で、小切手を引き取る人間は、いくらでもいると思っているよ」

そうなれば、銀行小切手をいくら追っていっても、佐々木の犯行を証明することは、難しくなるだろう。

「なんとか、佐々木と美雪の関係を証明することは、できませんか？」

と、西本がきいた。

「今年の一月にホテルRで、佐々木と美雪は、出会っているわけでしょう。一緒だった夕子という三朝の芸者は、証言してくれないんですか？　会ってみて、感触はどうでした？」

と、日下が期待をこめてきく。

「もちろん夕子は、喜んで、証言してくれると思うよ」

「じゃあ、彼女を呼んで、佐々木の眼の前で、美雪とのことを証言してもらったら、どうですか？　佐々木は、美雪を知らないなんて、いえなくなるんじゃありませんか？」

「それも考えたが、無駄だよ」

　と、十津川はいった。

「なぜですか？」

「佐々木が、ホテルRで美雪と会ったのは、二日間だけだ。その後、佐々木と美雪が会っていたことは、夕子は知らない。美雪は、佐々木にいわれて、夕子にも内緒にしているんだ」

「それでも、一月に二人が出会っていることは、証明できるんじゃありませんか？」

　と、日下がいった。

「それが、何の役に立つんだね？　たぶん佐々木は、こういって笑うだろう。たしかに、一月中旬にホテルRで、二人の芸者に会った覚えがある。しかし、その後、付き合っているわけでもないから、忘れていた。あのときのひとりが、美雪さんでしたか。そうですか。それで終わりさ」

　と、十津川は小さく肩をすくめて見せた。

「じゃあ、一月の安来節大会の件は、何の役にも立たずですか？」

　西本が、失望した顔でいった。

「今のところは、そうだね」

「しかし、警部が、わざわざ三朝まで行かれたので、期待していたんですが、駄目でしたか」

「ああ、今のところ、駄目だな」

と、十津川はいった。

刑事たちが、しらけた顔になっている。

十津川は、「カメさん」と誘い、亀井を連れて、捜査本部の外に出た。

夕闇が、忍び寄ってきていた。二人で、多摩川の土手に向かって、ゆっくり歩いていった。

「三朝で、何をされたんですか?」

と、歩きながら、亀井がきいた。

「安来節を聞いてきたよ」

と、十津川はいった。

「夕子という芸者さんですか?」

「ああ。一月の大会で、準優勝したんだ。死んだ美雪は、そのとき三位だったそうだ」

「じゃあ、夕子の安来節も、素晴らしかったんじゃありませんか?」

「いい声だったよ。鍛えた声というのは、みんないい声で、私みたいな素人(しろうと)には、同じ声のように聞こえるね」

「それじゃあ、聞いていて、美雪のことを、思い出されたんじゃありませんか？」

と、亀井がきく。

「思い出したよ。あの夜のことをね」

と、十津川はいった。

「これから、どうされますか？」

「カメさん。一緒に、これから、佐々木に会いに行ってもらいたいんだ」

と、十津川はいった。

「何か勝算が、おありなんですか？」

「いや、ないね。だから、西本刑事たちには内緒にしたいんだ。失敗したとき、みっともないからね」

と、十津川は笑った。

11

佐々木は、十津川たちを見て、ちょっと顔をしかめたが、すぐ、穏やかな表情になって、家の中に招じ入れた。自信満々なのだ。

「今日は、どんなことですか？　美雪とかいう芸者のことなら、本当に知らないんです。付き合ったことも、ありません」

佐々木は、機先を制するように、十津川に向かっていった。

「安来節は、お好きですか？」

と、十津川はきいた。

「安来節？　それが、どうかしたんですか？」

眉をひそめて、佐々木がきく。

「死んだ美雪さんは、安来節の名手でしてね」

「そうですか。私には、関係ないな」

「なかなか、いいものですよ」

「それが、どうかしましたか？」

「実は、美雪さんのことを調べに、昨日、玉造温泉に行ってきました。彼女は、置屋を自分でやっていたんですが、彼女の部屋に、何か事件の参考になるようなものがないかと、思いましてね。もっと直截（ちょくせつ）にいえば、犯人がわかるようなものはないかと思って、調べに行ったんですよ」

と、十津川は、まっすぐ佐々木を見ながらいった。

さすがに、佐々木は、緊張した顔で聞いていたが、

「それで、何か見つかったんですか？」

と、きいた。

「残念ながら、見つかりませんでした」

と、十津川がいうと、佐々木は、ほっとした表情になって、

「それは、残念でしたねえ。私は、その芸者は知りませんが、殺されたのは可哀そうだから、なんとか犯人が見つかってほしいと思いますよ」

と、殊勝（しゅしょう）なことをいった。

十津川は、微笑した。

「実は、一つだけ、見つかったものがあるんですよ」

と、十津川がいうと、佐々木は、また、ちょっと不安な表情になった。

「何ですか？」

「美雪さんが、自分で、安来節を唄っているところを録音したテープです」

と、十津川はいい、ポケットからテープレコーダーを取り出して、テーブルの上に置いた。

佐々木が、馬鹿にしたようにいった。

「安来節には、いろいろありましてね。きちんとした元唄もありますが、アドリブを入れて、気ままに唄うものもあります。これは、ちょっと酔った感じで、彼女が、気ままに作詞して唄っているんです。楽しいものだから、聞いてください」

と、十津川はいって、再生ボタンを押した。

張りのある唄声が、流れてきた。

出雲名物ゥ　荷物にゃならぬゥ
聞いてェお帰れェ　安来節
アラエッサッサー

聞いてくださいィ　あたしの心
恋をしましたァ　東京のお方ァ
名前は　佐々木保さま
若いけれども　社長さまァ

「安来節ですか」

お役に立ちたい　佐々木さま
全財産を　差しあげて
立派な仕事をしてくだされば
女冥利（おんなみょうり）につきまする

晴れて　夫婦（めおと）にとのお約束
今年の初めに　お会いした

少しずつ、佐々木の顔色が、変わっていくのが、わかった。
十津川と亀井は、じっと佐々木を見つめている。

あれは、ホテルの十二階
小さなバーの思い出で

「インチキだ！」

と、突然、佐々木が叫んだ。

十津川は、佐々木の顔を見すえて、

「何が、インチキなんですか？　これは、死んだ美雪さんが生前、自分でテープに吹き込んだ安来節ですよ」

と、いった。

「違う！　これは、美雪の声じゃない！　インチキだ！」

と、佐々木は怒鳴る。

十津川は、テープレコーダーを、止めて、

「今、何とおっしゃったんですか？」

と、きいた。

佐々木は、狼狽している。

そんな佐々木を、十津川は、冷たく見すえて、

「あなたは、美雪という芸者なんか、会ったこともなかったんじゃありませんか？それなのに、この安来節が彼女の声じゃないと、なぜ、わかるんですか？」

と、詰問した。

佐々木は、黙ってしまっている。

「人を殺して、逃げられると思っていたのか！」

と、亀井が怒鳴った。

「弁護士を呼んでくれ」

と、佐々木が呻くようにいった。

「その前に、一緒に来てもらうよ」

と、十津川はいった。

12

二日後、三朝温泉の夕子から、十津川に電話が入った。

「新聞を見たわ。美雪さんを殺した犯人が捕まったって」

と、夕子はいった。

「ええ。逮捕しました。あなたが唄ってくれた安来節が、役に立ちましたよ」

と、十津川はいった。

「そのことなんだけど」

「ええ」

「刑事さんが、犯人逮捕に役に立つというから、あんな変てこな歌詞で唄ったんだけど、唄いにくくて、仕方がなかったわ」

「無理なことをお願いして、申しわけない」

「そうよ。無理なお願いだったわよ」

と、夕子はいった。

「何か、お礼をしなくちゃいけないと、思っているんだが――」

「恥ずかしいから、あのテープは消してしまってね。あれが、安来節だなんて思われては困るから」

と、夕子はいった。

「了解、テープは消しておきますよ」

と、十津川はいった。

「それから、近いうちに、三朝温泉へ来てくださいな」

「ああ。時間の都合がついたら、仲間を連れて、温泉につかりに行きますよ」

「そのときは、あたしを呼んで」

と夕子がいう。

行楽特急（ロマンスカー）殺人事件

1

若い西本刑事が、恋をした。

亀井から、「西本君に、恋人が出来たようですよ」と、聞かされた十津川は、良かったと、思った。

やっと、西本の心の傷が、いえたと、思ったからである。

西本は、一年半前、結婚式をあげたが、ハネムーンの途中、列車が爆破され、新妻は死亡した。

その傷が、新しい恋をすることで消えてくれると、思った、仕事は、前以上に盛んにやってはいたが、時々、ふっと寂しげな表情をしている時があったからである。

「明日、彼は非番ですが、彼女と、小田急のロマンスカーに乗って、箱根まで、行って来るそうです」

「ロマンスカーか」

十津川は、何となく、微笑してしまった。

四十歳の十津川にとって、ロマンスという言葉は、照れ臭いが、若い西本には甘くひびくのかも知れない。

「カメさんは、西本君の彼女に会ったことがあるのかい？」

「写真は、見せて貰いました。なかなか可愛い顔ですよ。その中に、警部にも、紹介したいと、いっていましたが」

「明日は、晴れるといいね」

と、十津川は、いった。

翌四月七日は、快晴とはいえなかったが、花曇りで、行楽日和だった。

西本は、約束の九時半より十五分ほど早く新宿に着いてしまった。

九時半に、小田急新宿駅の一階で、会い、十時発の「はこね11号」に乗ることになっていた。

早く着いたので、彼女の姿は、まだ、見当らなかった。

サーフボードを持ったグループがいるのは、新宿から、江ノ島行の電車も出ているので、それに乗るのだろう。

小田急新宿駅は、地上の1番線から6番線までを、特急、急行、準急が使い、地下の7番線から10番線を、各駅停車の普通電車が、使用している。

五、六分して、彼女が、姿を見せた。

西本が、非番の日に、よく行く喫茶店があって、彼女とは、そこで出会った。名前は、早川ゆう子である。ＯＬになって二年目だといい、ちょっと、古風な感じのするところが、西本は、気に入って、つき合うようになった。

つき合って、まだ三ヵ月だから、もちろん今日も、日帰りの予定だった。

約束の時間には、まだ、七、八分あったが、それでも、西本が先に来ているのを見て、小走りに近づくと、

「おくれて、ごめんなさい」

と、ゆう子が、いった。

「いや、まだ、早いよ」

と、西本はいい、買っておいた切符を、彼女に渡した。

喫茶店で会う時は、たいてい地味な服装なのだが、今日は、ライトブルーの明るい

服を着ている。

同じ色の帽子をかぶっていて、細面の顔なので、帽子が、よく似合っていた。

「陽焼けすると嫌なので、帽子をかぶってきたんですけど、似合わないでしょう？」

ゆう子は、気にして、しきりに、帽子をいじっていた。

「よく似合うよ」

と、西本は、いった。自分でも、心がはずんでいるのが、よくわかっていた。

可愛いと、いつも思っていたのだが、帽子をかぶると、ぐっと大人びて見え、新しい彼女の魅力を感じて、嬉しかったのである。

まだ、二人の乗る「はこね11号」は、入線していなかった。

「ちょっと、写真を撮りたいんだ」

と、西本はいい、ゆう子を、ホームに立たせて、三枚ほど、撮った。

考えてみると、あの事件以来、一年半、西本は、女性にカメラを向けたことがなかったのだ。

平日なので、ホームは、混雑していなかった。

箱根湯本行の特急ロマンスカーは、「はこね」と、「あしがら」の二つの列車名がついている。

この二つの特急は、2番線から、発車する。

九時五十分近くに、上りの「あしがら」が、2番線に到着した。これが、下りの「はこね」になるのである。

乗客が降りて、車内の整備が行われる。

小田急線の特急「ロマンスカー」は、赤い車体と、展望室で有名である。

ロマンスカーという名前は、他の私鉄でも使っているところがあるがいつの間にか、小田急の特急のことを指すようになった。

小田急は、昭和四年の流行歌「東京行進曲」にも、

シネマ見ましょか、お茶のみましょか

いっそ小田急で逃げましょか

と、唄われている。昭和十一年には、新宿—小田原間を、ノンストップ、九十分で走る「週末温泉急行」が走り、これが、ロマンスカーの最初といわれている。

西本たちが乗るロマンスカーは、一番新しい、新特急七〇〇〇型と呼ばれる車両である。

小田急のロマンスカーは、二階に運転席を設けてあり、一階の最前部まで、座席があって、そこが、若いカップルや、子供連れに人気のある展望室になっている。

今までの特急三〇〇〇型では、その展望室の座席が十席だったが、七〇〇〇では、前ガラスも大きくなり、十四席に増えていた。

西本と、ゆう子は、その展望室に、並んで腰を下した。

「はこね11号」は、すぐ発車した。

そっけない発車の仕方だった。

紺色のユニホーム姿のスチュワーデスが、席に来て、「いらっしゃいませ」といい、お手拭き（てふき）と、メニューを配ってくれた。

小田急のロマンスカーが、「走る喫茶室」と呼ばれるのは、座席まで、スチュワーデスが、注文を聞きに来てくれ、景色を楽しみながら、飲食が出来るためである。

このスチュワーデスは、二組あって、日東紅茶スチュワーデスと、森永エンゼルコンパニオンと、それぞれ、呼ばれている。

日東の方は、箱根湯本行の「はこね」「あしがら」に乗車し、森永の方は、「さがみ」「えのしま」「あさぎり」に、乗車する。

一つの列車に乗る人数は、日東の場合、十人一組で、森永は、五人である。これは、「はこね」「あしがら」が、十一両編成と長く、「さがみ」「えのしま」「あさぎり」は、短かい編成のせいである。

同じ、日東紅茶スチュワーデスの社内放送があった。

——本日はロマンスカーにご乗車頂きましてまことに、ありがとうございます。小田急「走る喫茶室」よりご案内申しあげます。ただいま、皆様のお手元にメニューとおしぼりをお届け致しておりますので、ご利用下さいませ。喫茶ご利用のお客様は、メニューをご覧の上、お近くの係の者までお申しつけ下さい。ありがとうございました。

「何にする?」

と、西本は、ゆう子に聞いた。

これから、箱根湯本まで、一時間二十五分の旅である。途中、小田原にだけ、停車する。

2

二人は、アップルパイと、紅茶を注文した。

十一両編成の車両の中は、3号車と9号車に、ティースタンドが、設けられている。

スチュワーデスが、ワゴンにのせて、運んで来てくれた。

広いガラス窓に広がる景色を楽しみながら、西本は、アップルパイと紅茶を味わった。

都心のビル街が、視野から消えてゆき、次第に、緑が多くなってきた。

桜は、ほとんど、散ってしまい、春は、満開の感じだった。

「ちょっと」

と、ゆう子がいい、席を立った。

トイレだなと、思ったので、西本は、黙って、見送った。
十二、三分して、戻って来て、トイレにしては、長かったと思っていると、
「びっくりしたわ」

と、ゆう子は、眼を大きくして、西本にいった。

「どうしたの？」

「このロマンスカーに、スチュワーデスが、乗ってるでしょう。その中に、お友だちがいたの」

「学校の友だち？」

「ええ。高校時代の親友。どうしているかなと、思っていたんだけど、日東紅茶のスチュワーデスになってたんだわ」

「じゃあ、きれいな人なのかな」

「ええ。クラスの中じゃあ、一番美人で、男子生徒から、もてていたわ。休憩時間になったら、こっちへ来るっていうから、ご紹介するわ」

と、ゆう子は、楽しそうに、いった。

展望室からの眺めは、あきることがなかった。

東京の私鉄の特急電車の中で、恐らく、小田急のこの展望車が、一番、視界が広いだろう。

西本は、子供の頃、電車に乗ると、一番先頭まで歩いて行って、じっと、前方を見つめていたものだった。こんな展望車ではなかったから、小さな視界しかなかったのだが、それでも、スピード感があって、楽しかった。

西本は、そんな子供の頃のことを、思い出していた。

小田急は、ダイヤが複雑なので、この特急ロマンスカーでも、スピードは、さほど、出ていない。新宿と、箱根湯本との間を走る「はこね」で、平均スピードは、六十五、六キロであろう。

それでも、先頭の展望室にいると、早く思える。

轟音を立てて、列車は、多摩川にかかる鉄橋を渡った。

ボートに乗っているアベックが見え、子供が、それに向って、手を振っている。

相模大野を過ぎ、厚木に近づく頃には、車窓に、雑木林や、畠が、広がるようになって来た。

郊外に来たという実感が、わいてくる。

「おかしいわ」

と、急にゆう子が呟いた。

「え？」

西本は、とっさに、何のことかわからなくて、ゆう子の顔を見ると、

「彼女が、まだ、来ないの」

「ああ、君の友だちが、この列車に乗っていたんだったね」

「休憩時間に、来るっていってたんだけど、まだ、来ないのよ」

「展望室にいると、いったの？」

「ええ」

「まだ、休憩時間に、なってないいんじゃないかな」

「ちょっと、見に行って来るわ」

「僕も行くよ」

西本も、立ち上った。

通路を、後尾の方向へ歩いて行った。

「はこね」は、十一両編成だが、国鉄の列車の十一両より、かなり短かい。

先頭と、最後尾の車両は、展望室付きで、全長十六メートルと長いが、中間の九両は、十二メートルと短かい車両だからである。

先頭から、三両目と九両目に、喫茶室がある。

四両目と八両目には、三面鏡のついた、きれいな洗面所が設けられている。

喫茶室では、スチュワーデスが、後片付けや伝票計算を、まだ、忙しく、やっている。

「うしろの喫茶室の方にいたの」

と、ゆう子がいうので、西本は、彼女と、九両目に向って、歩いて行った。

九両目の喫茶室へ来たが、ゆう子は、眉を寄せて、

「おかしいな。彼女いないわ」

「名前は、何というの？」

「前田千加というんだけど」

「前田千加さん、いませんか？」

と、西本は、喫茶室にいたスチュワーデスの一人にきいた。

そのスチュワーデスは、忙しく働いている仲間に向って、

「千加ちゃん知らない？」

「さっきまで、いたんだけど――」

「洗面所かな」

そんな返事が、戻って来た。

「暇になるのは、いつ頃ですか？」

と、ゆう子が、きいた。

「小田原を過ぎたら、少し、暇になりますけど」

スチュワーデスの一人が、答えてくれた。

「それまで、展望室で、待っているかい？」

西本が、小声で、ゆう子に、きいた。

ゆう子は、「ええ」と、答えたが、友だちの姿が見えないのが、気になるらしく、

「最後尾の車両まで、探してくるわ」

「一緒に行こう」

と、西本も、いった。

どの車両も、座席は、オレンジ色で統一され、窓が大きく、天井も高いので、明るい感じである。

六十パーセントぐらいの乗車率だった。

最後尾の車両まで行ったが、ゆう子は、

「いないわ」

と、首を振った。

二人は、仕方がないので、また、通路を展望車の方へ、戻って行った。

九両目と、三両目の喫茶室にも、心配になったとみえて、前田千加は、いなかった。

仲間のスチュワーデスも、心配になったとみえて、手のあいた一人が、洗面所まで探してくれたが、見つからなかった。

新宿から、ノンストップで走っているのだから、消える筈(はず)はないのだが、ゆう子の友だちは、いっこうに見つからなかった。

その中に、「はこね11号」は、小田原に着いた。

西本は、ホームを見ていたが、スチュワーデスが、降りたり乗ったりする様子はなかった。

「はこね11号」は、すぐ、小田原を発車した。

ここから、箱根湯本までは、単線で、箱根の山々が、身近かに迫ってくる。

山に入ったという感じだった。

左手に、早川の渓流が、平行して見えるようになる。

だが、ゆう子は、消えてしまった友だちのことが、気になるとみえて、車窓の景色を楽しめない様子だった。

スチュワーデスたちも、やっと、仕事がすんだものの、やはり、仲間の前田千加のことを心配して、車内を、歩き廻っている。

「前田千加さんという友だちは、本当に、喫茶室にいたんだね？」

西本は、ゆう子に、念を押した。

「ええ。いたわ。座席を廻って、サービスしているところで、出会ったの。それで、お互い、びっくりしちゃって」

「それが、どうして、消えてしまったんだろう？」

「走っている時に、まさか、飛び降りたりしたんじゃないと思うんだけど――」

ゆう子は、蒼い顔でいった。

「それはないな。この電車は、座席の窓が固定式だからね。窓から飛び降りることは出来ないし、ドアも、手じゃ、開けられないからね。たとえ、強引に開けたとすれば、その瞬間に、ブレーキがかかって、列車は、停止してしまう筈だ」

「じゃあ、どこへ行ってしまったのかしら？」

「僕が、他のスチュワーデスに、聞いて来よう。何かわかるかも知れない」

西本は、ゆう子が、心配するので、彼女を展望室に残し、喫茶室へ行ってみた。

スチュワーデスたちは、疲れ切って、空いている座席に、腰を下ろして休んでいる者もいたが、どの顔も、何となく、落ち着きが、なかった。

西本が、前田千加のことを聞くと、スチュワーデスの一人が、

「私たちも、心配で、今も、全車両を調べてみたんですけど、彼女が、見つからないんです。本当に、どうしてしまったのか、私たちにも、わかりません」

「急に具合が悪くなって、客席で、休んでいるということは、考えられませんか？」

「その時は、申告することになっていますから、すぐ、わかりますわ。スチュワーデスの制服を着てますもの」

「何か理由があって、その制服を脱いで、客席に座っていたら、わからないんじゃないかな？」

「でも、なぜ、制服を脱ぐんでしょう？」

「理由は、わかりませんが、その場合は、消えたみたいに、思えるんじゃありませんか？」

「ちょっと考えられませんけど、みんなで、手分けして、探したときは、客席も、見ました。特徴のある顔だから、制服じゃなくても、すぐ、わかったと思います。それに、客席は、すいてましたから」

「手分けして探したのは、小田原を過ぎてからですか？」

「いいえ。小田原の手前で心配になって、探しました。今も、もう一度、探させておりますけど」

「しかし、どこへ消えてしまったんですかね？」

「私たちにも、わかりませんわ」

「今日、仕事を始める時、おかしな様子は、ありませんでしたか？」

「いいえ。いつものように、明るく、元気でしたけど」

と、相手はいい、わけがわからないという様に、小さく、頭を振った。

仕方なく、西本は、展望室に、戻った。

「スチュワーデスたちにもわからないらしい」

と、西本は、ゆう子に、いった。

「何かあったのかしら？」

ゆう子は、相変らず、心配そうな顔をしている。

「そんな気配はないよ。大丈夫さ。明日にでもなれば、彼女の方から、昨日は、ごめんなさいと、連絡してくると思うよ」

「そうだと、いいんだけど」

「大丈夫だよ」

西本は、明るく、いった。

十五分で、箱根湯本に、着いた。

ここから先は、箱根登山鉄道である。

箱根湯本は、小さな駅である。

スチュワーデスが、降りる乗客に、いちいち、あいさつする。

「君たちは、今日は、どこに泊るの？」

と、西本は、きいた。

相手が、変な顔をしたので、西本は、あわてて、

「消えてしまった前田千加さんのことを、僕の彼女が、心配してるんでね」

「私たちは、すぐ、新宿に引き返します。今、ここに着いた『はこね11号』が、『はこね12号』になって、引き返すんですわ。私たちは、それに乗務して、新宿に戻って、それで解散ですわ。そのあと、二日間の休みが、とれるんです」

「大変だね」

「でも、慣れてますから」

「これが、『はこね12号』になって、出発するのは、何時ですか？」

「十一時四十三分です。今、十一時二十五分だからあと十八分ありますわ。その間に、彼女が、現われてくれれば、いいんですけど」

と、相手は、いった。

西本は、それを、そのまま、ゆう子に、伝えた。

「彼女、どうなっちゃったのか、心配だわ」

ゆう子は、落着きが、なかった。

「今、君が心配しても、仕方がない。今日、箱根から帰ってから、彼女の家に、電話したらどう？　案外、けろっとした顔で、自宅に帰ってるかも知れないよ」

「でも、彼女が、どこに住んでるか、わからないわ」

「電話番号は、聞いておいたよ」

「本当？」

「だから、登山電車に乗って、一時、君の友だちのことは、忘れてくれないか」

「いいわ」

と、ゆう子が、やっと、肯いてくれた。

二人は、強羅行の登山電車に乗った。

3

西本と、ゆう子は、夜おそくなって、新宿に戻った。

箱根湯本で、最終の「あしがら46号」に乗り、新宿に着いたのは、二十一時四十四分である。

「ちょっと、千加のところに、電話してみたいんだけど」

と、ゆう子が、いった。

「いいよ。これが、電話番号だ。調布のマンションらしいよ」

西本は、メモを渡した。

小田急ビルの中の公衆電話で、ゆう子が、かけた。

「もし、もし」

とゆう子は、呼んでから、急に、送話口を掌で押さえて、西本に、

「男の人が出たわ」

「じゃあ、結婚しているんじゃないの？」

「でも、まだ、独りだって、いってたんだけど」

「僕が、代ってみよう」

西本は、受話器を受け取った。

「もし、もし」

と、男の声が、しきりに、呼んでいる。

「前田千加さんのお宅ですか？」

西本が、きいた。

「そうです。あなたは？」

相手が、きき返した。

「友人です。彼女がいるんなら出してくれませんか」

「それなら、こちらへ来てくれませんか」

「なぜ？　彼女が、どうかしたんですか？」

「名前をいって下さい」

「名前？」

「あなたの名前です」

「僕は、西本だが、彼女の友人は、今、僕と一緒にいる人だ」

「その人の名前も、いって下さい」

「なぜ？」

「いって下されば、理由をいいます」

「君は、誰なんだ？」

逆に、西本が、きき返した。相手の声の調子に、妙なものを感じたからである。

相手は、二、三秒黙っていたが、

「私は、警察の人間だ」

と、いった。

西本は、びっくりして、

「警察？　本当か？」

「嘘じゃない」

「とすると、彼女は、もしかして？」

「君は、何者だ？」

「僕は、警視庁捜査一課の西本刑事です。彼女は、殺されたんですか？」

「ちょっと、待って下さい」

相手は、あわてていい、別の男の声に代った。

「おい、西本か？」

「カメさんじゃないですか」

「そうだよ。君は、彼女と、ロマンスカーで、デイトして来たんじゃないのか？」

「今、箱根から、帰ってきたところです」

「今日一日は、仕事のことは、忘れろよ。本格的な捜査は、明日になってからだ」

「前田千加は、殺されたんですか？」

「ああ、君の知り合いか？」

「いや。友だちなのは、僕の彼女です。とにかく、これから、そちらへ行きます」

と、西本はいい、電話を切った。

西本のいっている声で、ゆう子は、事情を察したらしく、蒼い顔で、

「千加が、殺されたの？」

「そうらしい。これから、僕は、彼女のマンションへ行って来る。君は家に帰りなさ

い。明日、何があったのか、知らせるから」

「私も、行くわ」

「もうじき、十時だよ。お母さんが、心配するよ」

「でも、行きたいの。西本さんがいけないといっても、私は、行くわ」

「弱ったな」

と、西本は、溜息をついてから、

「お母さんの了解をとったら、一緒に、連れて行くよ」

4

結局、西本は、ゆう子と一緒に、京王線で、調布に向った。

「君が、意外に頑固なんだと、わかったよ」

電車の中で、西本が、苦笑しながら、ゆう子に、いった。

「嫌になった?」

「いや」

「千加が、どうして、死んじゃったのか、どうしても、知りたいの。今日、ロマンスカーの中で会った時は、あんなに元気だったのに」

「僕も、それは知りたいね」

と、西本は、いった。

京王線のつつじヶ丘駅で降りて、七、八分歩いたところに、五階建のマンションがあった。

「ルネ武蔵野」という名前だった。

その最上階の508号室が、前田千加の部屋である。

マンションの前には、パトカーや、鑑識の車が、停っていた。

二人が、五階にあがって行くと、角部屋の前に、亀井刑事と、十津川が、待っていた。

西本が、ゆう子を、紹介した。

「遺体は？」

小声で、西本がきくと、亀井が、

「もう、解剖のために、東大病院に運ばれているよ」

「本当に、殺されていたんですか？」

「ああ。間違いない。後頭部を殴られた上、くびを絞められていたんだ」

「本当に、前田千加だったんでしょうか？」

「何だって？」

「実は、今日、僕たちは、箱根湯本行の小田急ロマンスカーに乗ったんですが、その中で、前田千加が、消えてしまったんです」

「本当ですか？」

十津川は、ゆう子に、眼を向けた。

「ええ。二年ぶりに、ロマンスカーの中で、親友の千加に会ったんです。私と、西本さんは、展望室にいたんです。千加は、そこで、展望室へ行くと、いってたんですけど、いなくなってしまったんです」

「本当に、消えてしまったんですか？」

「ええ。他のスチュワーデスの人たちも、探してくれたんですけど、見つからなかったんですわ。新宿から、小田原までは、ノンストップだったのに、彼女は、消えてしまったんです。その千加が、自分のマンションで、殺されていたなんて――」

「だから、僕は、ここで殺されたのは、顔はよく似ているが、別人じゃないかと、思ったんです」

と、西本が、いった。

十津川は、当惑した顔になって、

「カメさん。どう思うね？」

「私たちは、ここで殺されていたので、当然、前田千加本人だと、思い込んでいたんですが。それに、管理人も、前田千加だと、いいましたし——」

「絞殺だから、顔は、変っていたと思うね」

と、十津川はいい、光る眼を、西本に向けて、

「君は、ゆう子さんを連れ、すぐ、東大病院へ行ってくれ。ゆう子さんに、前田千加かどうか、確認して貰うんだ」

と、いった。

西本は、すぐ、ゆう子と一緒に、パトカーに乗り込み、東大病院に向った。

甲州街道を、新宿に向って、突っ走った。

「殺されたのは、千加じゃない可能性もあるのね？」

パトカーの中で、ゆう子は、西本に、きいた。

「可能性がね」

「よかったわ」

「いや、本人の可能性だって、あるんだ」

と、西本は、いった。

東大病院に着くと、二人は、遺体に、面会した。

「どう？　別人か？」

横から、西本がきいた。

ゆう子は、黙っている。

ふいに、彼女の眼から、涙が、あふれ出した。

「君の親友の前田千加なのか？」

「――」

ゆう子は黙って、小さく肯いた。

「そうか。本人なのか」

「どうして、千加が、こんなことになってしまったの？」

「とにかく、ここを出よう」

と、西本は、ゆう子の肩を抱き、外に、出た。

すでに、深夜に近い。

西本は、公衆電話から、「ルネ武蔵野」の５０８号室にかけた。

亀井が、出た。

「西本です。やはり、前田千加さんでした。ゆう子さんが、確認しました」

「君たちが、話したことは、本当なのかね？」

「ロマンスカーから消えたことですか？」

「そうだよ」

「それは、本当です」

「と、すると、その謎も解明しなければならなくなるね」

「捜査本部は、調布署ですか？」

「そうだ。まだ、そのお嬢さんは、そこにいるのか？」

「ええ。います」

「すぐ、家へ送って行け。間もなく十二時になる。ご両親を心配させたらいかん。これは命令だ」

「わかりました」

と、西本は、いった。

5

翌日になって、調布署に、捜査本部が、設けられた。

西本も、捜査に加わった。というより、主役の一人にされた。

「今度の事件では、君と、早川ゆう子さんの証言が、大事になってくる」

と、十津川は、いった。

「死亡時刻は、わかったんですか？」

「昨日の午後三時から、四時の間という報告が、東大病院からあったよ。やはり、絞殺だ」

「そうですか」

「君と、ゆう子さんは、昨日、何時のロマンスカーに乗ったんだ？」

「午前十時新宿発のロマンスカーです。箱根湯本行の『はこね11号』です」

「その車中で、ゆう子さんは、親友だった前田千加と、会ったんだね？」

「そうです。十二、三分たってからでした。トイレから戻って来た彼女が、興奮した調子で、二年も会っていない親友を見つけたといったんです。日東紅茶スチュワーデスになっている前田千加です。暇が出来たら、こちらの席まで来ると、いったといっていました」

「だが、来なかったんだね？」

「ええ。それで、ゆう子さんが、心配になって、僕と一緒に、車内を探したんですが、見つかりませんでした」

「同僚のスチュワーデスは、どんな様子だったんだ？」

「最初は、トイレにでも行ったんだろうと、考えている様でした。しかし、心配になって、手があいた人たちが、車内を探したみたいです」

「それでも、見つからなかったんだな？」

「はい。消えてしまったんです」

「その間、『はこね11号』は、どこにも、停車せずか？」

「そうです。停車していません。窓も開きませんし、ドアも、開きませんでした。十一時九分に、小田原に着きました」

西本は、昨日のことを、思い出しながら、十津川に、いった。

「彼女が、トイレに隠れていて、小田原で降りたということは、考えられないのかね？」

亀井が、きいた。

「それは、ありません」

「なぜ？」

「十一両編成で、トイレと洗面所があるのは、二両だけです。スチュワーデスの人たちが、トイレも調べました。小田原に着くまでの間にです」

「やっぱり、消えたのか」

「消える筈なんかないんですが、消えたとしか、思えないんです」

「とにかく、昨日のロマンスカーに、乗っていたことだけは、間違いないんだな？」

「そうです。ゆう子さんも、スチュワーデスも、それは、確認しています」

「その前田千加が、調布のマンションで、殺されていたか。時間的に、間に合うのかな？」

十津川が、自問自答の形で、呟いた。

「時間的にといいますと？」

西本が、きき返した。

「彼女が死んだのは、昨日の午後三時から、四時までの間だ。新宿十時発のロマンスカーに乗っていた彼女が、午後三時から四時までに、東京の調布のマンションに、戻れるかどうかということだよ」

「調べてみます」

西本は、時刻表を、取り出した。

彼とゆう子が乗った「はこね11号」は、小田原に、十一時九分、終着箱根湯本には、十一時二十五分に着いた。

まず、小田原から、東京に引き返したらどうか、考えてみた。

小田原から、小田急で戻ってもいいし、東海道本線を利用してもいい。

小田急を利用した場合は、次のようになる。

十一時九分小田原着だから、十一時三十二分小田原発の「はこね10号」に乗れる。この列車は、十二時四十分に、新宿に着く。新宿から、京王線で、つつじヶ丘まで、二十二分しかかからない。ゆっくり間に合うのだ。

箱根湯本まで行って、引き返したら、どうだろうか？

「はこね11号」は、十一時二十五分に、箱根湯本に着き、これが、「はこね12号」になって、新宿に引き返す。

「はこね12号」が、新宿に着くのは、十三時十分である。やはり、ゆっくり間に合うのだ。

小田原から、東海道本線を使っても、ゆっくり間に合う。

小田原から、東京駅まで、特急「踊り子」なら、一時間六分しか、かからないし、普通列車でも、一時間三十四分で、着くからである。

東京から、新宿も、中央線の快速で十四分、普通で二十一分である。

午後三時から四時の間、つつじヶ丘のマンションに着くのは、楽である。

日下と清水の二人の若い刑事が、スチュワーデスの何人かに、会いに出かけた。

殺された前田千加のことを、聞くためである。

夕方になって、捜査本部に帰って来た日下と、清水は、十津川に、結果を、報告した。

「同じ日東紅茶スチュワーデスの五人に会って来ました。昨日、被害者とチームを組んだスチュワーデスは、十人編成ですから、あと四人いるわけですが、二日間の休暇ということで、留守になっていました。友人のところへ遊びに行ったり、親元へ帰ったりしている様です」

「それで、五人に聞いた結果は、どうだったんだね？」

「前田千加は、スチュワーデスになって、二年になるそうです。派手な感じの美人ですから、乗客には、人気があったといいます」

「それは、わかるような気がするね。独身だったらしいが、異性関係は、どうだったんだろう？」

「最初は、彼女たちの口が重かったんですが、辛抱強く聞いている中に喋ってくれるようになりました。異性関係は、だいぶ派手だったようで、上司にも、そのことで、注意されたことがあったそうです」

「あのマンションも、賃貸で、月十五万だというからね。誰かに、援助を受けていたのかも知れないな。具体的に、関係のあった男の名前は、聞いたのかね？」

「二人の名前だけは、聞くことが出来ました」

日下は、清水刑事と、一緒に調べてきた二人の名前を、黒板に書いた。

佐伯信一（五〇）不動産業

田口徹（四五）N工業営業第一課長補佐

「二人とも、ロマンスカーに客として乗っていたとき、前田千加に声をかけて、知り合ったようです。スチュワーデスに聞くと、乗客から、付き合ってくれと、誘われることが、よくあるそうです。なかなか、魅力的な女性たちですから」

「この二人の他にも、異性関係はあったのかね?」

「あったようですね。だから、上司も、注意したんでしょう。調布のマンションも、部屋代は、この二人のどちらかが、出しているんだと思いますね」

「異性関係で、問題を起こして、殺されたということかね」

「そう思います」

「とにかく、この二人の男を調べてみよう」

と、十津川はいった。

十津川は、亀井とまず、四谷に、不動産業者の佐伯信一を訪ねた。

駅近くに、店があった。

ビルの一階にある中堅の不動産業者の感じである。

従業員が十五、六人いた。

十津川たちは、奥の社長室で、佐伯に会った。

瘦せて眼つきの鋭い男である。

頭の回転が早く十津川が、「前田千加さんのことで」といいかけると、とたんに、せわしない調子で喋り始めた。

「彼女が死んだことは、テレビのニュースで知りましたよ。付き合いのあったことは、認めますが、事件とは関係ありませんね」

「調布のマンションの部屋代は、あなたが、払われていたんですか？」

十津川が、きいた。

「いや、私じゃありませんが」

「昨日の午後三時から四時までは、どこにいらっしゃいましたか？」

「アリバイというわけですか？」

「まあ、そうです」

「車を運転して、走り廻っていたんじゃなかったかな。私は、陣頭指揮でしてね。いい物件があると聞くと、自分で、車を運転して、飛んで行って、この眼で見る。そうしないと気がすまんのです」

「ずっと、走り廻っていたわけですか？」

「昨日の午後は、ずっと、車を走らせていましたよ」

「どの辺りを、走ったんですか？」

「千葉や、埼玉、それに、茨城を走り廻りましたよ」

「行った先で、誰かに、会いましたか？」

「いや、別に、人間に会いに行ったわけじゃありませんからね」

「そうですか。彼女とは、上手くいっていたんですか？」

「まあね。いろいろと、相談も、受けていましたよ」

「どんな相談ですか？」

「付き合っていたが、嫌になった男がいたらしい。別れるというのに、男が、つきまとって、困るといっていましたよ、最近では、お前を殺して、自分も死んでやると、口走ったりするので、怖くなっていると、本当に、怖そうに、私にいったことがありますね」

「その男の名前を、ご存知ですか？」

「知りませんが、何でも、大会社の課長とか、課長補佐とかいっていましたよ。丁度、女に夢中になって、突進してしまう年齢みたいですな」

「田口という名前じゃありませんか？」

「今もいったように、名前は、知らないんですよ。とにかく会いたくないので、避けるように避けるようにしているんだと、いっていましたね」

「その他に、彼女について、ご存知のことは、ありませんか？」

「そうですね。いつだったか、こんなことをいってましたよ。私が、早く、いい人を見つけて、結婚しろと、忠告した時です。独身の若い人を、どうしても、好きになれないんだと。それで、こじれて、今いったように、殺してやるみたいに、逆上する男が、出てくるんじゃありませんかね」

6

二人は、外へ出た。

「佐伯がいった男というのは、田口徹のことですね」

亀井が、弾んだ声で、いった。

「多分、そうだろうね」

「佐伯の話は、本当でしょうか？」

「すぐばれるような嘘はつかないだろう。だが、だからといって、田口が、犯人かどうかは、わからんよ」

と、十津川は、いった。

二人は、東京駅八重洲口にあるＮ工業本社を訪ねた。

退社時刻が近く、社内は、あわただしい雰囲気である。

田口のいる営業第一課に行ってみると、彼はいなかった。

上司の課長は、当惑した顔で、

「田口君が、何かやりましたか？」

「いや、まだ、わかりません。今日は、休みですか？」

「出社してないんです。連絡がないので、こちらから電話でもしようかと思っていたところです」

「昨日は、出社しましたか？」

「いや、昨日も、休みました。本人から休むという電話連絡が入っています」

「田口さんは、結婚していますね？」

「ええ。もちろん」

「住所と、電話番号を教えてくれませんか」

十津川がいうと、課長は、机の引出しから、職員住所録を取り出して、十津川に見せた。

田口徹の名前もある。

亀井がそれを持って、部屋の電話を借りて、ダイヤルを回してみた。

十津川と課長が、じっと、その結果を見ている。

亀井は、二分ほど話してから、受話器を置くと、十津川に向って、

「奥さんが出ましたが、田口さんは、家にはいないそうです」

「どうしたんでしょうか？」

課長が、心配そうに、眉を寄せた。

「逃げたかな」

十津川は、小声で、亀井に、いった。

「奥さんは、てっきり、会社にいると、思い込んでいたみたいですよ。昨日も、田口さんは奥さんには、会社へ行くといって、朝、出たそうです」

「そして、本当は、どこへ行ったのかな？」

「前田千加のマンションですかね？」

「そうでなければ、小田急ロマンスカーに、乗ったんだろうね」

十津川が、いう。

課長は、不安気に、聞き耳を立てていたが、

「田口君は、どんな事件に、巻き込まれているんでしょうか？」

と、十津川に、きいた。

「田口さんというのは、どういう方ですか？」

十津川が、きき返した。

「非常に、真面目な男です。少し、真面目すぎるのが、心配だったくらいです」

「最近、様子がおかしいということは、ありませんでしたか?」

「そういえば、時々、ぼんやりと、考えごとをしていることがありましたね。何か心配事でもあるのかと、きいたんですが、いや、何でもありませんと、いっていましたね」

「金銭関係はどうでした?」

「と、いいますと?」

「最近になって、やたらに、借金するようになったといったことですが」

「ちょっと待って下さい」

課長は、電話を取ると、どこかに、かけていたが、

「今、共済組合に、問い合せてみたんですが、田口君は、最近、二度にわたって、限度一杯、使っていますね。それから、私も、十万ばかり、貸しました」

「女性の噂(うわさ)を聞いたことはありませんか?」

「いや、聞いたことはありませんが、女のために、借金をしているということですか?」

「かも知れません。田口さんは、カッとなる性格ですか?」

「私にも、わかりませんね。大人しい男ですが――」

「田口さんの机を、見ていいですか？」

「しかし、なぜですか？」

「殺人事件に関係している恐れがあります」

と、亀井が、いった。

「まさか、田口君が――」

「構いませんか？」

「どうぞ」

と、課長は、肯いた。

十津川と、亀井は、課長が教えてくれた机の引出しを、一つずつ、あけてみた。

一番下の引出しの奥に、茶封筒に入った写真が、見つかった。

前田千加の写真である。家に持ちかえるわけにはいかないので、会社の机に、入れておいたのだろう。

五十枚はあった。

二人で写っている写真もあった。

仲が良かった頃に写したのに、違いなかった。

「田口さんですか?」

十津川が、二人で写っている写真を、課長に見せた。

「そうです。田口君です。一緒に写っているのは、うちの社員じゃありませんが、どういう女性ですか?」

「昨日、殺された女性です」

十津川がいうと、課長は、呆然とした顔になった。

7

田口が、前田千加と一緒に写っている写真を二枚借りて、十津川たちは、N工業本社を出た。

「どうやら、田口徹が、犯人らしく思えて来ましたね」

と、亀井が、いった。

「とにかく、彼を見つけて、事情を聞こうじゃないか」

まず、田口の家へ、行ってみることにした。

小田急線の成城学園前から、歩いて、十五、六分のところに、田口家があった。二階建の小さな建売住宅だが、この辺りなら、かなりの金額はしただろう。

午後六時過ぎに着いたのだが、田口は、まだ、戻っていなかった。

妻の麻子は、小柄で、暗い感じの女だった。もともと、そういう性格なのか、それとも、夫の浮気を知っていて、そのために、かたい表情を作るようになったのか。

「われわれは、一刻も早く、田口さんに、お会いしたいんですが、今、どこにいるか、わかりませんか？」

十津川が、きいても、麻子の顔には、鈍い反応しか、現われなかった。

「私には、わかりませんけど」

「この女性は、知っていますか？」

十津川は、田口と、前田千加が写っている写真を見せた。

麻子は、ちょっと見ただけで、すぐ、眼をそらせてしまった。

「知りませんわ、こんな女」

「ご主人は、よく飲む方ですか？」

「ええ。よく飲みますわ」

「飲むとすると、どこで飲むか、わかりますか？　新宿あたりですか？　それとも、渋谷？」

「一緒に飲んだことは、ありませんから」

麻子は、そっけない調子で、いった。

わざと、無関心をよそおっているのか、それとも、もともと、夫の行動に、関心がないのだろうか。

「お子さんは、ないんですか？」

と、亀井が、きいた。

「ええ」

「田口さんが、使っている部屋を見せて頂けませんか」

亀井が、いうと、麻子は、二階の四畳半に案内したが、自分は、すぐ、階下へおりてしまった。

「ずいぶん、冷えた夫婦ですな」

亀井が、ぶぜんとした顔で、いった。

「原因は、何かな。最初から、冷えていたのか、それとも、夫の浮気のせいで、冷えてしまったのか」

十津川は、田口が、書斎に使っているらしい部屋を、見廻した。

本棚に、本は、まばらである。田口の唯一の趣味なのか、プラモデルの自動車が、三台ほど、机の上に並べてある。

十津川は、引出しを開けて、中をのぞいた。

万年筆や、便箋、手帳、名刺などに混って、マッチが一つ見つかった。

新宿歌舞伎町の「さなえ」というバーのマッチだった。

「ここに行けば、何か、聞けるかも知れないいな」

と、十津川が、いった。

日下と清水の二人の刑事を、電話で呼び、田口の家の見張りを命じておいてから、十津川と亀井は、新宿歌舞伎町に、足を運んだ。

「さなえ」というバーは雑居ビルの地下にある小さな店だった。

三十五、六歳のママと、ホステス二人、それに若いバーテンが、いるだけである。

十津川と亀井は、カウンターに、腰を下して、ママに、田口の写真を見せた。

「田口さんなら、よく、いらっしゃいますよ」

と、ママは、微笑した。

「今日は、来たかね？」

「いいえ、ここんとこ、ずっと、ごぶさたなんですよ」

「彼が、奥さん以外の女性と付き合っていて、そのことで、ママに、何か打ち明けたことはなかったかね？」

「さあ」

と、ママが、首をかしげていると、傍にいたホステスが、

「あたしは、そんなこと、聞いたことがある」

「どんなことだね？」

「二週間前ぐらいに、来たときかな。べろべろに酔っちゃって、そのうちに、急に、泣き出したの。男の人が、泣くの初めて見たわ。泣きながら、どうにもならないんだって、くり返すのよ」

「どうにもならないか」

「わけを聞いてみたの。はっきりはいわなかったけど、好きになっちゃった若い娘がいて、諦めようと思うけど、どうにもならないって、また、泣いてたわ」

「他には？」

「嘘か本当か知らないけど、殺して、自分も死にたいようなことも、呟いてた。あれは、本当に、惚れてるのね」

「おだやかじゃない言動だね」

「そのあと、全然、顔を見せないから、心配してるの」

「いつも、飲みに来るときに、彼ひとりで来るのかね？」

亀井が、ママに、きいた。

「会社の同僚の方と来るときもあるし、おひとりのこともあるわ」

「ママから見て、彼は、どんな男かね？　思いつめる性格だろうか？　人生経験の豊かなママなら、わかると、思うんだが」

亀井がいうと、ママは、クスリと笑ってから、

「そうね、まじめな人だから、思いつめるタイプかも知れませんね。田口さん、何かしたんですか？」

「ある事件の参考人として、探しているんだ。ここの他に、彼が、飲みに行きそうな店はないかな」

「さあ」

「彼が、奥さんのことを、話したことがあるかね？」

十津川が、きくと、ママは、

「奥さんて、小柄な、大人しい感じの人でしょう？」

「知ってるの？」

「田口さんが、奥さんと一緒に、ここへ飲みに来たことがありますよ」

「この人のことじゃないのかね？」

十津川は、前田千加の写真を見せた。

「いいえ。違いますわ。もっと、年齢をとった人。三十代の女の人ですよ。小柄な——」

と、ママが、いう。

それなら、間違いなく、田口の妻の麻子だろう。冷え切ったように見えるあの夫婦にも、一緒に、バーに飲みに来るような時があったのか。

その夫婦仲が、前田千加の出現によって、こわれてしまったということなのだろうか。

「田口が、奥さんと一緒に、この店に飲みに来たのは、いつ頃のことかな？」

十津川が、きいた。

「そうねえ」

と、ママは、考えていたが、

「一年半くらい前だったと思いますわ」

「一年半ね」

前田千加が、スチュワーデスになったのが、確か二年前である。

その頃は、まだ、田口は、彼女を知らなかったのだろう。だから、夫婦仲もよく、一緒に、新宿に飲みに来ていたのだ。

いつ、田口が、前田千加を知ったのかはわからない。だが、彼女を好きになってから、夫婦仲が、おかしくなったことだけは、間違いないだろう。

とすれば、田口の妻の麻子が、前田千加を知らないといったのは、嘘ということになる。

(彼女も、容疑者の一人なのか)

十津川は、暗い田口麻子の顔を思い出していた。

8

その夜、田口は、十二時を過ぎても、自宅に帰らなかった。

どうやら、逃亡の可能性が、強くなって来た。

朝になっても、田口が、帰らないのは、同じだった。

十津川は、田口の家の監視に当っている日下と清水の二人を、他の刑事と、交代させた。

田口の妻の麻子も、家を出る気配がなかった。

日下と清水の二人と交代して、田口家の監視に当っている二人の刑事からの連絡によると、陽がのぼってからも、家のカーテンは、おりたままだという。

昼過ぎになった。二つのことが、わかった。

一つは、小田急電鉄の新宿駅に、三日前、男の声で電話がかかり、スチュワーデスのことを聞いたという報告だった。

その男は、こういったという。

以前、小田急の特急ロマンスカーで、スチュワーデスの一人に、親切にされた。その人は、前田千加という名前だった。もう一度、お会いして、改めて、お礼がいいたいので、いつの列車に乗務するのか、教えてくれと。

「それで、明日の『はこね11号』と、折り返しの『はこね12号』に、乗務すると、教えました」

と、相手は、十津川に、いった。

この電話の男は恐らく、田口だろう。

前田千加の方は、田口が嫌になって、遠ざかっていた。

マンションを訪ねても、ドアを閉めて、会おうとしなかったのだろう。それで、ロマンスカーに乗務している時なら、逃げ出すわけにはいかないだろうと、田口は、考えたのだ。

と、すれば、西本刑事と、恋人の早川ゆう子が乗った「はこね11号」に、田口も、会社を休んで、乗っていた可能性がある。

もう一つは、田口が、ナイフを買うのを見たというものだった。

田口のことを、もう一度、聞きたくて、N工業本社を訪ねた十津川と亀井が、田口の上司の営業第一課長に、教えられたのである。

課長は、声をひそめるようにして、

「これは、うちの課の人間が、見たというんです。一週間ほど前だそうですが、退社後、新宿で帰りに、飲みに行くために、歌舞伎町の近くを歩いていたら、田口君を見たんだそうです。声をかけようか、どうしようかと、迷っていたら、田口君が、刃物店の前で立ち止って、じっと、ウィンドウを見ている。何をしているのかと思ったら、その店で、ナイフを買ったというんです」

十津川は、その店の場所を教えて貰い、すぐ、亀井と、新宿に、飛んだ。

かなり大きな刃物店だった。

ウィンドウには、さまざまな形をしたナイフが、ズラリと並び、若者が、のぞき込んでいた。

最近、若者の間で、ナイフが、静かなブームだといわれている。それが、何となく、わかるような気がした。それだけ、魅力的なナイフが、並んでいる。

十津川は、店員に、田口の写真を見せた。

一週間前なので、店員は、田口を覚えていた。

「このお客さんが、お買いになったのは、これです」

と、折たたみ式のナイフを出して、見せてくれた。ナイフというより、短剣という感じがした。

刃渡り十一センチくらいだろうか。

「アメリカ製で、向うでは、グリーンベレーが使っているといわれています」

と、店員は、自慢した。

「いくらぐらいするものですか?」

「四万八千円です」

「高いものですね」

「その代り、切れ味は、保証しますよ」

と、いう。

アメリカで、有名なナイフらしいが、そういうことは、十津川は、どうでも、良かった。

大事なのは、田口が、四万八千円も出して、ナイフを買ったということである。

四十過ぎの田口が、若者みたいに、ナイフに魅せられたとは、思えない。

誰かを、ナイフで、殺す気で、買ったに違いない。

そして、そのあと、田口と思われる男が、前田千加の勤務はと聞いている。それを合せて考えれば、田口が、ナイフで、前田千加を刺す気でいたことは、間違いあるまい。

あの日、田口は、午前十時新宿発のロマンスカー「はこね11号」に、乗ったのだ。

前田千加は、田口が、乗っているのに気がついた。しかも、ただならぬ眼付きをしている田口を見て、殺されるのではないかと、怯え、姿を消したのではあるまいか。

それならば、前田千加が、突然、姿を消した理由は、わかる。ただ、いぜんとして、どうやって、姿を消したのかという方法は、不明だった。

ロマンスカー「はこね11号」から姿を消した千加は、つつじヶ丘の自宅マンションに帰った。

だが、犯人は、そのマンションに行き、彼女を、絞殺した。

犯人として、まず考えられるのは、やはり田口である。

田口は、当然、つつじヶ丘のマンションを知っていたし、どうしても、会いたいと思って、ロマンスカーから消えた千加を、追いかけたと思う。

千加が、「はこね11号」を、終着の箱根湯本で降りても、殺された午後三時から四時までの間に、自宅マンションに戻れるように、田口も、行けた筈である。

「はこね11号」の車両で千加を見失った田口が、彼女を追って、東京に戻り、つつじヶ丘のマンションに行ったことは、十分に考えられる。

もし、千加が、ナイフで刺されて、殺されたのなら、十津川は、躊躇（ちゅうちょ）なく、田口を、犯人と、断定するだろう。

だが、死因は、絞殺だった。

後頭部を、鈍器で殴った上、多分、気絶したであろう被害者の千加のくびを、紐（ひも）で締めて、殺している。

田口は、四万八千円を出して、ナイフを買った。

自宅の彼の部屋に、そのナイフがなかったから、持ち歩いていると、考えていいだろう。

あの日、「はこね11号」に乗った時も、当然、ナイフは、持っていただろう。

つつじヶ丘のマンションに、田口が、行ったとすれば、その時も、四万八千円のナイフは持っていた筈である。

それなら、なぜ、そのナイフで、殺さなかったのだろうかという疑問が、残ってしまう。

9

捜査本部の意見は、二つに分れた。

あくまでも、田口が犯人とする意見と、凶器がナイフでないことから、田口以外に犯人がいるという意見とにである。

不動産業の佐伯だって、まだ、シロと決ったわけではない。

その後の捜査で、佐伯の車には、自動車電話がついていることが、わかった。

ロマンスカー「はこね11号」から、消えた千加が、佐伯に、電話したことも、考えられるのである。

千加が、佐伯の自動車電話の番号を知っていて、電話し、すぐ会いたいという。そして、つつじヶ丘の彼女のマンションで、会ったとする。その時、ケンカになり、カッとした佐伯が、千加を殴り、絞殺したことだって、考えられなくは、ないのである。

佐伯は、千加との仲を、きれいごとのようにいっていたが、それが、事実かどうかわからない。もっと、どろどろしたものだったかも知れないのである。

千加には、田口徹、佐伯信一以外に、関係した男がいた可能性があった。

同僚のスチュワーデスたちの話でも、千加の異性関係は、かなり派手だったようだからだ。

従って、田口、佐伯以外の男が、千加を殺した可能性も、ある。

田口が、犯人であるにしろ、ないにしろ、まず、彼を見つけ出すことが、先決だった。

田口の家は、いぜんとして、監視が続けられていたが、彼は、現われる気配が、なかった。

新宿のバー「さなえ」にも、監視がつけられた。

田口の故郷は、茨城県の水戸市で、現在、兄夫婦が住んでいる。田口が、そこに現われることも考えられるので、茨城県警にも、協力が、要請された。

「もう一度、小田急ロマンスカーに、乗ってみたいと思うのですが」

と、西本が、十津川に、いったのは、田口が見つからずに、捜査本部に、いらだちの空気が流れ始めた頃である。

「乗れば、前田千加が、どうやって、列車から消えたか、わかると、思うのかね？」

十津川が、きいてみた。

「自信は、ありませんが、もう一度、乗ってみれば、何か見落していたものを、見つけられるかも知れません」

西本は、緊張した顔で、いった。

「そうだな」

と、十津川は、肯いてから、

「そうだ。君の恋人も、一緒に行って貰ったらいい」

「え？」

「一人の眼で見るより、二人の眼で見た方が、確実だろう。違うかね？」

「しかし、これは、殺人事件の捜査ですから」

「警部のいわれた通りにしろよ」

横から、亀井が、いった。

「はあ」

「もっとも、彼女に断わられたら、仕方がないがね」

「そんなことはないと思います」

「それなら、二人で行って来いよ」

と、亀井は、西本の肩をたたいた。

10

翌日、西本は、また、ゆう子と、小田急新宿駅で、待ち合せた。

「わざわざ、来て貰って、ありがとう」

と、顔を合せて、西本がいうと、ゆう子は、笑って、

「私も、わくわくしているの。殺人事件の捜査に協力するのって、生れて初めてだから」

「それなら、いいんだけどね」

「彼女が、どうやって、ロマンスカーの中から消えたかを探ればいいんでしょう?」

「そうだ」

「それがわかれば、犯人も、自然に、わかってくるの?」

「多分ね」

「それなら、殺された千加のためにも、どうして消えたか、探りたいわ」

真剣な表情になって、ゆう子が、いった。箱根湯本までの切符を買った。

横長の特急券には、11ハコネと、列車名が書いてある。

四月七日と同じように、二人は、先頭の展望室に、並んで、腰を下した。

発車すると、すぐ、スチュワーデスが、注文を取りに来た。

車内放送も、七日と同じように、始まった。

濃紺のユニホームを着たスチュワーデスたちは、きびきびと、動き廻っている。

乗車率も、七日と同じほどで、ところどころに、空席があった。

窓の外の緑は、前よりも一層濃くなった感じで、春が、急ぎ足で、やって来ていることを、示していた。

「君が、殺された前田千加さんだったとするよ」

と、運ばれてきた紅茶を飲みながら、西本は、小声で、ゆう子に、話しかけた。

「スチュワーデスの千加さんは、慌しく働いているうちに、乗客の中に、田口徹が、来ているのに気が付いた。彼女が嫌っているのに、彼女を追い廻していた男だ。その上、田口は、多分、彼女を殺そうと思ってだろうが、ナイフを持っていた。そんな気持が、顔に表われていたんだと思う」

「それで、千加は、姿を消したのね。田口という男の人から、逃げようとして」

「そうだよ。しかし、ロマンスカーは、新宿を出てしまっていて、小田原まで、停車しない。小田原まで、降りて、逃げるわけにはいかないんだ。君だったら、どうする？」

「車内を逃げ廻るわけにもいかないわね。結局、追い詰められちゃうから」

「そうだよ。といって、車掌や、同僚に助けを求めると、自分の派手な異性関係が、わかってしまうから出来ない。こんな立場に立たされたんだと思うね」

「非常ボタンみたいなものはないのかしら？　もしあれば、それを押せば、列車は停って、ドアは、手で開けられるわけでしょう？」

「そうだけど、途中の駅で、停って、ドアは手で開けて逃げ出したとしても、田口も、降りて、追いかけて来るよ」

「そうね。かえって、危険になるわね」

「そうさ。むしろ、乗客や同僚のいる車内の方が、安全だよ」

「でも、相手は、ナイフを持っているんでしょう？」

「あとでわかったんだがね。でも、眼つきが違っていて、怖かったと思うね。それで、姿を消したんだ」

「どこか、隠れるところがあるのか、もう一度、探してみましょうよ」

ゆう子が、腰をあげた。

展望室を出ると、最後尾の車両に向って、二人は、通路を歩いて行った。

二つの喫茶室では、スチュワーデスたちが、一生懸命に働いていた。

その横を通って、最後尾まで行った。が、ゆう子は肩をすくめて、

「やっぱり隠れるところなんか、どこにもないわ。あの時は、トイレにも、いなかったんだし――」

「もう一度、じっくり、考えてみようじゃないか」

西本が、励ますように、いった。

「でも、場所がないわ」

「いいかい。さっきもいったように、前田千加さんの立場になって、考えるんだ」

「同じことをやるのかしら」

「いや、違うかも知れないよ。僕や君は、単なる乗客に過ぎない。だが、彼女は、二年間も、スチュワーデスをして、ロマンスカーに乗っているんだ。乗務員側の一人だったんだ。乗客では、隠れられないが、乗務員の一人としてなら、隠れられる場所が、あったんじゃないかと、思うんだ」

「具体的に、どこ？」

「さっき、ふと、このロマンスカーの恰好を考えていたんだ。他の特急と、恰好が、違っていたなと思ってね」

西本がいうと、急に、ゆう子は、大きな眼を、キラリと光らせた。

「運転席が、二階にあったわ」

「そうなんだ。運転席が、二階にあるんだ。もちろん、一般の乗客は、出入り出来ないが、スチュワーデスの彼女なら、入り込めたんじゃないだろうか？　田口徹は、一般の乗客だから、二階の運転席に隠れたとは、考えもしなかったんじゃないかね。僕たちもだよ」

「でも、運転席に、入れるのかしら？」

「それは、聞いてみよう」

と、西本は、いった。

二人は、車掌に会った。

西本は、警察手帳を見せてから、

「二階の運転席ですが、何人入れるんですか？」

と、きいた。

「三人まで入れる広さになっています。この新型のLSE七〇〇〇は、前より、運転席が、広くなっているんです」

と、車掌は、誇らしげにいった。

「普通、何人で、運転しているんですか？」

「運転士、一名です。見習乗務の時は、指導助役が添乗しますから、二名になります」

「二階の運転席へ行くには、どうやって、行くんですか？」

「展望室に、梯子（はしご）があって、それをあがって行くわけです」

「スチュワーデスが、運転席に入ることは、出来ますか？」

「そんなことは、出来ませんよ」

車掌は、生まじめに、否定した。

とんでもないという感じだった。

西本は、礼をいい、展望室へ戻った。

「やっぱり、駄目だったでしょう。いくら、スチュワーデスだって、運転席へは、はいれないいんだわ」

ゆう子が、いうと、西本は、小さく首を振った。

「必ずしも、そうとは、いい切れないんじゃないかな」

「どうして？」

「前田千加さんという人は、美人で、魅力的だった。異性関係も、賑やかだったといわれている」

「ええ」

「昔、バスには、運転手の他に、若い女性の車掌が乗っていたんだ。その頃は、運転手と、女性車掌とが、結婚することが多かったと、聞いたことがあるんだ。この列車の運転士と、スチュワーデスというカップルだって、考えられないことじゃないよ」

「そうねえ」

「もし、四月七日の『はこね11号』の運転士が、前田千加さんと、恋人同士だったら、彼女が、助けてくれといえば、二階の運転席にあげて、かくまうんじゃないかな」

と、西本は、いった。

11

小田原で降りた西本からの電話で、十津川は、すぐ、小田急電鉄に、きいてみた。

四月七日の「はこね11号」を運転した運転士の名前である。

原健治（はらけんじ）、四十歳で、今日は、休みで、家にいると思うということだった。

十津川と亀井は、豪徳寺のマンションに住む原に、会いに出かけた。

もちろん、すでに結婚して、五歳になる子供もいるというので、十津川は、電話をかけ、近くの公園に、出て来て貰った。

丸顔で、人の好さそうな男だった。

「殺された前田千加さんのことで、お聞きしたいことがありましてね。わざわざ、外へ出て頂いたんです」

十津川が、いうと、原は、一瞬、表情をかたくして、

「私には、関係ありませんよ」

「あなたと、前田千加さんが親しかったことは、知っているんですよ」

十津川は、カマをかけてみた。

原は、黙ってしまった。それが、明瞭（めいりょう）に、事実であることを、示していた。

「原さん。秘密は、守りますから、捜査に協力してくれませんか」

「――――」

「協力できないのなら、署まで来ていただいて、きくことになりますよ」

亀井が、脅した。

原は、落着きのない眼になって、亀井を見、十津川を、見た。

「協力すれば、本当に、秘密は守って呉れるんですか？」

「それは、必ず、守ります」

と、十津川は、約束した。

「何を知りたいんです？」

「前田千加さんと、親しかったんでしょう？」

「ええ、まあ」

原の顔が、赤くなった。

「四月七日に、あなたは、『はこね11号』に乗務しましたね？」

「ええ」

「その時、彼女を、二階の運転席に、隠したんじゃありませんか？」

「――――」

「彼女は、乗客の中に、自分を追いかけてくる男を見つけて、運転席に隠れたんじゃありませんか？　もちろん、これは、あなたの会社にも、奥さんにも、いいませんから、正直に答えてくれませんか」

十津川は、じっと、原の顔を見つめた。

原は、落着きなく、煙草をくわえたり、また、ポケットにしまったりしていたが、急に、肩を落として、

「申しわけありません」

「じゃあ、正直に、話して下さい」

「年甲斐もなく、あの娘に惚れましてね」

「誰にだって、あることで、別に、恥しいことじゃありませんよ」

「彼女と同じ列車に乗務する時は、心が、浮き浮きしてしまうんです」

「わかりますよ」

「と、いって、余分な小遣いがあるわけじゃないから、彼女に、高価なものを買ってやったことは、ありません。せいぜい、彼女の相談に乗ってやることぐらいでね」

「ええ」

「一緒の乗務の時に、運転席に、乗ってこないかと、誘ったことがあります。二階だから、誰にも、わからないし、景色がいいんだってね。もちろん、禁止されていることなんですが」

「わかりますよ。警官の中にも、自分の恋人を、パトカーに乗せたがる者がいます。

ちょっとした見栄なんですが」

十津川が、微笑すると、原は、ほっとした顔で、

「そうなんです。運転席に乗せて、どうしようなんて気は、全くないんです。ちょっとした見栄なんです。君が、合図したら、すぐ、運転席へ乗せてやると、いったんです」

「四月七日に、合図が、あったんですね？」

「そうです。梯子を、あがってきました。そしたら、蒼い顔をしているんです」

「田口という男が、乗って来ているとは、いっていませんでしたか？」

「ええ。その名前を、いっていましたね。変に、思いつめた顔をしているんで、怖くて仕方がないと、いっていました」

「彼女は、どこで、おりたんですか？」

「終着の箱根湯本で、おろしましたよ」

「しかし、スチュワーデスに見つかってしまうでしょう？」

「ええ。それと田口という男のことが心配だったんです。それで、箱根湯本に着くと、私は、上衣を運転席に置いておいて、急いで、駅舎に行き、上衣を引っかけて、カギ裂きを作ってしまった。余分なユニホームがあったら、一着貸して貰えないかといっ

たんです」

「なるほど」

「それで、一揃い、ユニホームを借りましてね。運転席に戻ると、彼女に着せました。帽子も、かぶせましてね。運転席から、おろしたんです」

「上手く考えましたね」

「彼女は、女性にしては、身体が大きいので、別に、おかしくは見えませんでしたよ。そのユニホームを、あとで、新宿の駅に、預けておいてくれといったんです」

「預けてありましたか？」

「ええ」

「彼女が、どうやって、東京へ戻ったか、知っていますか？」

「それは、わかりませんが、箱根で、服を買い、もう一度、それに着がえて、帰ったと思いますよ。そうするんだと、いっていましたから」

と、いった。

前田千加は、恐らく、箱根湯本で、服を買って着がえたあと、タクシーで、小田原へ出て、そこから、国鉄を利用して、東京に戻ったのだろう。

とにかく、これで、一つの謎が、解けたことになる。

12

十津川と、亀井は、調布署に戻った。

小田急のロマンスカーの中で、前田千加が消えた謎は、解明された。

しかし、その他の面では、何の進展もなかった。

いぜんとして、田口の行方が、つかめないのだ。

引き続き、田口の家は、監視しているが、田口の現われる気配はなかった。

妻の麻子も、家に閉じ籠(こも)ったままである。

田口の兄夫婦が住んでいる水戸市については、茨城県警が、調べてくれているが、こちらも、田口は現われないということだった。

もう一人の容疑者である佐伯信一にも、十津川は、尾行をつけておいたが、こちらも、怪しい動きは、見せなかった。

捜査は、壁にぶつかってしまっている。

「カメさん。もう一度、前田千加のマンションに行ってみよう。何か、見落しているものがあるかも知れないからね」

十津川は、そういい、亀井と二人で、つつじヶ丘の彼女のマンションに出かけた。

2DKの部屋である。

タテに並んだ二部屋の奥にベッドを置き、入口に近い六畳の洋間を、居間に使っている。

前田千加は、居間で、死んでいたのである。

じゅうたんの上には、今でも、チョークで人型が、描いてある。

犯人は、鈍器で、後頭部を殴り、気絶させておいてから、ロープで、くびを絞めて殺していた。

鈍器も、ロープも、見つかっていない。

ロープの方は、多分、電気のコードであろうと考えられていた。鈍器の方は、何かわからずにいる。

十津川が、問題にしているのは、鈍器の方だった。

ロープの方は、この部屋にある何かを使ったと考えられる。電気のコードは、居間にも、寝室にもある。

だが、後頭部を殴った鈍器は、見当らなかった。

あれば、それには、血痕がついている筈だった。

と、いうことは、犯人が、持ち去ったことを、意味している。

（なぜ、持ち去ったのだろう？）

十津川は、居間に立って、考えた。

たとえば、この居間に、鈍器の灰皿があったとしよう。凶器としては、絶好である。しかし、それで殴ったのだとすれば、持ち去る必要はなかった筈なのだ。指紋を消しておけば、その灰皿から、犯人を割り出すことは、不可能だからである。

（とすると、犯人は、その凶器を、持って来たということになるのか？）

「前田千加は、なぜ、犯人を、部屋に入れたんですかね？」

亀井が、しきりに、首をひねった。

「カメさんは、どう思うんだね？」

「死体を発見したのは、彼女が、ロマンスカーの中で消えてしまったことを心配して、夕方訪ねて来た同僚の二人のスチュワーデスでした。その時は、ドアに、カギはかかっていなかったようですが、家に帰ったときは、カギを、かけていたと思うのです」

「そうだろうね」

「それに、この部屋には、インターホンも、ついています。ドアを開けなくても、訪ねて来た人間とは、応答できます。それなのに、彼女は、部屋に、犯人をあげている。

その理由が、わからないんです」

「それに、後頭部を殴られている。犯人に、背を向けていたということだよ。それだけ油断していたわけだ」

「すると、田口徹ではないような気がして来るんですが。彼なら、ドアを開けて、中に入れなかったんじゃないでしょうか？」

「かも知れないが、田口が、説得したということも、考えられるよ」

「と、いいますと？」

「二度と、近づかないからとか、一度だけ、話をさせてくれとかいって、口説いたということも考えられるということだよ」

「なるほど」

「もう一つは、田口が、この部屋のキーを持っていたという場合だ。これなら、キーで開けて、中に入った。びっくりした前田千加が、逃げようとした。それを背後から殴りつけた。後頭部を殴られているのは、油断して、背を向けたからではなく、逃げようとしたからだということになる」

「そうですね」

「だが、それは、考えられない」

十津川は、自分の想像を、自分で、否定した。

「なぜですか?」

「キーを持っていれば、ロマンスカーの乗務の日を聞き出して、わざわざ会いに、乗らなくても、部屋に入り込んで、彼女が帰宅してくるのを、待っていれば、いいわけだからね」

「すると、田口が犯人の場合は、彼女をうまく、説き伏せて、中に入ったということですね」

「そうなるね。もし、凶器が、自分の工具の中のスパナだったとしたら、車で走り廻っていたという佐伯の方が、田口より怪しくなってくる」

「凶器を見つけたいですね」

「そうだね」

十津川と亀井は、部屋を出ると、マンションの周囲を、探すことにした。

犯人が、部屋を出て、すぐ、凶器を捨てた可能性に、かけてみたのである。

被害者の後頭部を殴った凶器は、スパナとか、金槌(かなづち)のようなものだろうといわれているが、限定されては、いなかった。

マンションの周囲には、排水溝がある。まず、その排水溝を調べていった。

こわれた玩具などが、捨てられていたが、凶器と思われるものは、見つからなかった。

マンションの前の通路をへだてて、公園がある。

二人は、その公園に入って行った。

かなり広い公園である。子供が四、五人で、キャッチボールをしていた。

十津川と、亀井は、別れて、公園の中を、探し廻った。

十五、六分したときだった。

トイレの近くを探していた亀井が、「警部！」と、大声をあげた。

十津川が、駆け寄ると、亀井が、手袋をはめた手で、金槌を、つまみあげていた。

「これじゃありませんか」

13

長さ十八センチの、普通に市販されている金槌だった。

トイレの傍の草むらの中に落ちていた。

残念ながら、柄の部分から、指紋は検出されなかったが、金属部分から、血痕が検出され、しかも、それは、被害者のものと同じA型だった。

犯人は、最初から、殺すつもりで、金槌を持って、前田千加のマンションを訪ねたのである。

そして、被害者は、犯人を、中に入れたし、部屋の様子からみて、ほとんど、抵抗していない。

いきなり、後頭部を強打されて、気絶したところを、コードで、くびを絞められたのだから、抵抗する暇はなかったかも知れない。

凶器は、わかった。少くとも、最初に殴った鈍器が、何であったかはわかったが、それが、そのまま、犯人が誰かは、証明してはくれなかった。

十津川には、ばくぜんとだが、犯人の目星がついて来たが、確証は、なかった。

田口の行方は、いぜんとして、わからないままである。

家にも、寄りつかないし、兄弟のところにも、現われていない。

会社の同僚や、上司にも、連絡がなかった。

「まさか、国外へ逃げたなんてことは、ないでしょうね？」

亀井が、十津川にきいた。

「それほど、タフな人間とは、思えないよ」

と、十津川は、いった。

「しかし、そうだとすると、どこへ消えてしまったんでしょうか？」

「それを、聞きに行ってみようじゃないか」

「どこにですか？」

「最後には、田口が、行くと思う所へだよ」

と、十津川は、いった。

二人が出かけたのは、成城学園前の田口の家だった。

田口麻子は、先日と同じように、無感動な表情で、十津川たちを迎えた。前より、一層やせてみえた。

「ご主人が、今、どこにいるか、本当に、知りませんか？」

十津川は、きいた。

麻子は、黙って、首を横に振った。

「しかし、ご主人には、ここ以外に、行くところはないと、思うんですがねえ」

「そうですか」

と、麻子は、肯いた。が、その通りだという肯き方ではなくて、そんなことは、もう、どうでもいいという感じだった。

(この女は、死ぬ気でいるみたいだな)

と、十津川は、思った。

なぜなのだろうか?

「警部」

ふいに、亀井が、耳元で、いった。顔色が変っている。

「え?」

「何か、匂(にお)いませんか?」

「えッ」

と、十津川も、顔色が、変った。

「二階だ!」

十津川は、叫んで、立ち上った。

二人が、二階に向って、階段を駆け上った。それを、麻子は無表情に、眺めていた。

二階の押入れの中から、毛布にくるまれた田口徹の死体が発見された。

腐敗が、始まっていた。

十津川たちが、この家を訪ねた時、すでに田口は、殺されて、押入れに、かくされていたのである。

麻子の自供によれば、事件は、次のようにして起きたことになる。

麻子は、自分を裏切った夫の田口よりも、夫を虜にしたスチュワーデスの前田千加を憎んだ。

四月七日。夫の田口は出社すると家を出ながら、会社に電話してみると、無断欠勤していた。

千加のところに行ったに違いない。そう思うと、彼女を殺してやりたくなり、家にあった金槌を持って、つつじヶ丘の彼女のマンションに行った。が、留守だった。

麻子は、じっと、待った。

三時間、待ったという。

午後三時過ぎになって、千加はひとりで帰って来た。

麻子が、田口の妻だと名乗ると、千加はとにかく、中へ入ってくれといい、麻子を居間へ入れた。

田口さんは、好きじゃないし、つきまとわれて、迷惑しているといっていたが、麻子は信じなかった。千加が、背を向けたとき、かくし持っていたトンカチで、殴りつけた。気絶したところを、電気のコードで、くびを締めた。

凶器の金槌を、公園に捨てて、家に帰ると、夫の田口も、疲れきった顔で、戻っていた。

麻子は、自首するつもりだった。その前に、夫に、優しく、抱いて貰いたかった。千加という女が現われるまでは、優しい夫だったからである。

しかし、夫は、邪険に、麻子を突き飛ばし、疲れた様子で、眠ってしまった。

絶望した麻子は、眠っている夫のくびを、同じように、コードで、絞めて――

解説――魅力溢れる日本遺産への誘い

山前　譲

二〇一九年の認定で、八十件を越えた「日本遺産」については、先に徳間文庫より刊行された西村京太郎氏の『日本遺産からの殺意の風』でも紹介したが、文化庁の説明によれば、「地域の歴史的魅力や特色を通じて我が国の文化・伝統を語るストーリー」で、有形・無形の文化財をパッケージ化し、これらを活用して、地域の活性化を図ることを目的としている。本書『日本遺産殺人ルート』に収録の五作も、その日本遺産に指定されている地域を舞台にした十津川警部の事件簿だ。

最初の「裏磐梯殺人ルート」(「小説宝石」一九八七・十二　角川文庫『十津川警部捜査行　みちのく事件簿』収録)は、東京の大学生・代田ゆう子の失踪が発端である。友達の花井カオルには会津若松へ行くと言っていたが、予定の三日間が経っても帰ってこなかった。警察に捜索願を出したけれど積極的に動いてはくれない。そこで私立探偵の杉本に調査を頼む。どうやらゆう子は、ボーイフレンドの平山と一緒に出かけたらしい。だが、その平山も会社を無断欠勤していた。カオルと杉本は東北新幹線で福島へ向かう……。

二〇一六年に日本遺産として認定されたのが、郡山市・猪苗代町の〈未来を拓いた「一本の水路」—大久保利通〝最期の夢〟と開拓者の軌跡　郡山・猪苗代—〉だ。明治維新の立役者の一人である大久保利通は、県令・安場保和をバックアップして、福島県安積地方（現在は郡山市に所属）の開拓に意欲をみせた。一八七八年に暗殺されてしまい、大久保自身の手で成し遂げることはできなかったが、猪苗代湖から水を引いての「安積開拓・安積疏水開さく事業」は着実にすすめられ、安積地方が豊かな大地に生まれ変わった。

杉本とカオルの探偵行は、郡山駅から磐越西線に乗り換え、福島県を巡っている。会津若松、東山温泉、そして大久保利通とも縁のある猪苗代湖……。徐々に手掛かりが集まってきたところに、大小さまざまの湖沼が点在する磐梯高原の磐梯山ゴールドラインで、若い女性の死体が発見されたというニュースが流れる。死体はゆう子だった。では平山は？　福島と東京を結ぶ事件に、十津川警部の鋭い推理が光っている。

十津川警部シリーズでは『十津川警部　帰郷・会津若松』（二〇〇二）など会津若松市を舞台にした作品が多いが、その会津若松市ほか十七の市町村をストーリーのべースとした日本遺産に〈会津の三十三観音めぐり～巡礼を通して観た往時の会津の文化～〉がある。

「快速列車『ムーンライト』の罠」（「小説宝石」一九八八・二　実業之日本社文庫『十津川警部捜査行　北国の愛、北国の死』収録）の事件現場は新潟県だ。天香具山命を祭神としている弥彦神社の境内で、男性の死体が発見される。刺殺だった。東京から新潟に単身赴任していた小室功、三十五歳と身元はすぐ判明するが、どうやら彼は愛人問題で妻と揉めていたらしい。新潟県警と東京警視庁の連係プレーのなかで、容疑者のアリバイが検討されていく。

二〇一六年に新潟県の三条市・新潟市・長岡市・十日町市・津南町が日本遺産に指定されたが、これにはちょっと驚かされる。ストーリーのタイトルが〈『なんだ、コレは！』　信濃川流域の火焔型土器と雪国の文化〉なのだ。今から五千年前、縄文時代に信濃川流域で造られた火炎型土器を見て、あの岡本太郎氏が「なんだ、コレは！」と叫んだらしい。

さすがに縄文土器は関係していないけれど、この地域ならではアリバイ崩しが展開されていく。ちなみにこの短編に登場する新潟行きの快速「ムーンライト」は、今は走っていない。一九八六年に首都圏と新潟を結ぶ夜行の団体列車として走りはじめたが、これが人気で定期列車に昇格した。「ムーンライト」を冠した夜行快速列車が各地で運行されはじめ、他と区別するため、一九九六年には「ムーンライトえちご」と列車名が改称されている。ただ、格安運賃の夜行バスの影響で乗客が減り、二〇〇九年には臨時列車となってしまった。そして二〇一四年夏以降は運行されていない。

そんな夜行列車に仕掛けられた罠に、十津川警部は苦しめられるのだった。新潟県関係の十津川警部シリーズは、『越後湯沢殺人事件』（一九九三）など県南を舞台にしたものが多い。新潟県が関係した日本遺産は他に〈荒波を越えた男たちの夢が紡いだ異空間　～北前船寄港地・船主集落～〉があり、二〇一七年の認定である。

白壁の街並みが残る美観地区で知られている岡山県倉敷市は、瀬戸内海に面した人気観光地だから訪れたことのある人は多いだろう。その倉敷も二〇一七年、〈一輪の綿花から始まる倉敷物語～和と洋が織りなす繊維のまち～〉で日本遺産に認定された。干拓地で栽培された綿花やい草がこの地の織物産業を盛んにした。今でも重要な産業となっている。

「倉敷から来た女」（「小説現代」一九九四・四　講談社文庫『倉敷から来た女』収録）では、その倉敷から来た女性の死体が、東京四谷のホテルの中庭で発見される。宿泊していた部屋には、一千万円の遺産を贈るという手紙のコピーが残されていた。

ところが、宿泊カードに記されていた名前の女性はちゃんと倉敷にいて、遺産のことなど全く知らないというのだ。人間関係の錯綜した事件に、十津川警部たちの推理も迷走するのだった。

倉敷が舞台の十津川警部シリーズには『尾道・倉敷殺人ルート』（一九九三）がある。また、岡山県が関係する日本遺産は他に、〈近世日本の教育遺産群―学ぶ心・礼節の本源―〉、〈きっと恋する六古窯―日本生まれ日本育ちのやきもの産地―〉〈「桃太郎伝説」の生まれたまち　おかやま　～古代吉備の遺産が誘う鬼退治の物語～〉、〈知ってる⁉　悠久の時が流れる石の島～海を越え、日本の礎を築いたせとうち備讃諸島～〉がある。

十津川警部が民謡を口ずさむ場面がある珍しい作品が「十津川警部、民謡を唄う」（「小説宝石」一九九四・六　小学館文庫『十津川警部哀しみの余部鉄橋』収録）だ。夜十一時過ぎ、十津川が自宅近くで出会ったのは安来節を唄う三十五、六の粋な女性だった。タクシーが拾える場所を教えたのだが、彼女の高いトーンの唄声が耳に残った。翌朝、多摩川の河原で殺人事件と亀井から電話が入る。駆けつけてみると被害者は、昨夜会った……。

島根県安来地方で江戸時代後期に誕生したお座敷唄の安来節は、「どじょうすくい」

の踊りのイメージが強い。大正時代初めに浅草六区で興行され、そしてレコードが発売されて、全国に広まったという。被害者の身元はすぐには分からなかった。だが、十津川には彼女の安来節がちょっと違って聞こえた。事件の鍵は山陰にある。十津川と亀井刑事は出雲行きの飛行機に乗った。

雲南市・安来市・南出雲町を舞台にした日本遺産のストーリーが〈出雲國たたら風土記～鉄づくり千年が生んだ物語～〉である。日本古来の鉄づくりである「たたら製鉄」で繁栄した出雲の地では、今日もなお世界で唯一、その手法による製鉄の炎が燃えつづけているとのことだ。

島根県は面積のわりには日本遺産が多い。他に津和野町の〈津和野今昔～百景図を歩く～〉、出雲市の〈日が沈む聖地出雲～神が創り出した地の夕日を巡る～〉、浜田市ほかの〈神々や鬼たちが躍動する神話の世界～石見地域で伝承される神楽～〉が認定されている。また、『出雲　神々への愛と恐れ』（一九九七）など、十津川警部シリーズでもたびたび舞台となっている。

箱根湯本へ向かう特急列車から、車内サービスをしていた女性が消えてしまった。停車駅で降りた形跡はない。そして東京の自宅で死体となって発見される……。こんな不可能興味ではじまるのが「行楽特急(ロマンスカー)殺人事件」（「現代」一九八五・五　講談社文庫『行楽特急殺人事件』収録）だ。

小田急線で「ロマンスカー」が公式名称となったのは一九四九年である。スマートな車体と先頭の展望車が特徴的で人気列車となっているが、その特急の停車駅のひとつに伊勢原駅がある。そこで下車し、バスとケーブルカーを乗り継ぎ、さらに歩いてようやく神奈川県大山の山頂に辿りつく。〈江戸庶民の信仰と行楽の地～巨大な木太刀を担いで「大山詣り」～〉のストーリーの舞台だ。もちろん霊山として古くから知られていた地だが、江戸から近かったので、参拝に行楽と、江戸時代にはかなりの人で賑わったという。

紅葉のシーズンなど、今も大山はもちろん賑わっているが、十津川警部が詣でたことはないようだ。神奈川県が関係する日本遺産としては、〈「いざ、鎌倉」～歴史と文化が描くモザイク画のまちへ～〉と〈鎮守府　横須賀・呉・佐世保・舞鶴～日本近代化の躍動を体感できるまち～〉がある。

ますます増えそうな日本遺産は、新たな観光ルートとして旅に誘っている。十津川警部シリーズが誘う旅とクロスする機会は、これからもっと多くなるに違いない。

二〇二〇年五月

（初刊本の解説に加筆・訂正しました）

この作品は２０１７年11月徳間書店より刊行されました。
なお、本作品はフィクションであり実在の個人・団体などとは一切関係がありません。

徳間文庫

日本遺産殺人ルート

2020年6月15日 初刷

著者 西村京太郎

発行者 小宮英行

発行所 東京都品川区上大崎三−一−一 目黒セントラルスクエア 〒141−8202 株式会社徳間書店

電話 編集〇三(五四〇三)四三四九 販売〇四九(二九三)五五二一

振替 〇〇一四〇−〇−四四三九二

印刷 製本 大日本印刷株式会社

ISBN978-4-19-894565-7 (乱丁、落丁本はお取りかえいたします)

西村京太郎ファンクラブのご案内

会員特典(年会費2200円)

◆オリジナル会員証の発行 ◆西村京太郎記念館の入場料半額
◆年２回の会報誌の発行（４月・10月発行、情報満載です）
◆抽選・各種イベントへの参加
◆新刊・記念館展示物変更等のハガキでのお知らせ（不定期）
◆他、楽しい企画を考案予定!!

入会のご案内

■郵便局に備え付けの郵便振替払込金受領証にて、記入方法を参考にして年会費2200円を振込んで下さい■受領証は保管して下さい■会員の登録には振込みから約１ヶ月ほどかかります■特典等の発送は会員登録完了後になります

[記入方法] **１枚目**は下記のとおりに口座番号、金額、加入者名を記入し、そして、払込人住所氏名欄に、ご自分の住所・氏名・電話番号を記入して下さい

00　郵便振替払込金受領証　窓口払込専用

口座番号	百十万千百十番	金額	千百十万千百十円
00230-8-	17343		2200
加入者名	西村京太郎事務局	料金	(消費税込み)　特殊取扱

２枚目は払込取扱票の通信欄に下記のように記入して下さい

通信欄
(1) 氏名（フリガナ）
(2) 郵便番号（７ケタ）　※必ず**7**桁でご記入下さい
(3) 住所（フリガナ）　※必ず都道府県名からご記入下さい
(4) 生年月日（19XX年XX月XX日）
(5) 年齢　(6) 性別　(7) 電話番号

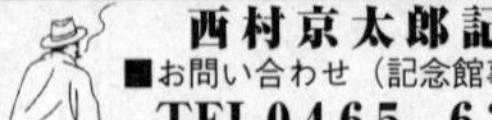

西村京太郎記念館
■お問い合わせ（記念館事務局）
TEL0465-63-1599
■西村京太郎ホームページ
http：//www4.i-younet.ne.jp/~kyotaro/

※申し込みは、郵便振替払込金受領証のみとします。メール・電話での受付けは一切致しません。